Anna Giurickovic Dato

Das reife Mädchen

Anna Giurickovic Dato

DAS REIFE MÄDCHEN

Roman

Übersetzung aus dem Italienischen
von Annette Kopetzki

PIPER

Mehr über unsere Autoren und Bücher:
www.piper.de/literatur

MIX
Papier aus verantwortungsvollen Quellen
FSC® C014496

ISBN 978-3-492-05905-3

Published by arrangement with Loredana Rotundo Literary Agency
Titel der italienischen Originalausgabe: »La figlia femmina«

Satz: psb, Berlin
Gesetzt aus der Celeste
Druck und Bindung: GGP Media GmbH
Printed in the EU

Für meine Mutter und meinen Vater

Und auch jetzt hier zu sein
ist mir fern

Silvia Bre, *Marmo*

Das ist mein Papa

Um die Moschee ein Gewirr festlich geschmückter Straßen. Im Suq ist es kühler und luftiger. Es ist September. Die Kinder schreien, lachen, jagen einander zwischen Burkas und pastellfarbenen Schleiern, reichen Touristen und armen Leuten. Menschengedränge um einen Basar, ein Geschäft mit Kultgegenständen, eine Buchhandlung. Ein Mann beißt lustvoll in einen *Baghrir*, lässt sich den Pfannkuchen schmecken wie ein Kind. Am Pfefferminztee nippend, spielt ein kleiner Junge den Erwachsenen. Maria ist fünf Jahre alt, sie betrachtet die beleuchteten Straßen und kostet von einer Feige. Das gemeinsame Gebet in der Hauptmoschee ist zu Ende gegangen, ein lebhaftes Treiben beginnt, Verwandte und Freunde begrüßen einander, tauschen Gedenkpostkarten und Geschenke. Der ganze Islam feiert das Īd al-Fitr, das Ende des Ramadan. Drei wohlverdiente Feiertage nach dem Fastenmonat. Marias Eltern sind Italiener und leben erst seit wenigen Jahren in Rabat, trotzdem nehmen sie an der festlichen Stimmung der Bewohner teil. Maria geht an der Hand ihrer Mama, die ihr erlaubt, von allem zu kosten, was sie haben möchte. Papa erklärt einem französischen Ehepaar das Opfer Abrahams. Er ist ein kräftiger Mann, groß und attraktiv. Maria bemerkt, dass die Leute ihn respektvoll ansehen, wenn er vorübergeht, und seine Aufmerksamkeit erregen möchten. Sie weiß, er ist ein wichtiger Mann, ein Diplomat, der an der italienischen Botschaft in Marokko arbeitet. Sie würde ihm gerne eine seiner rotblonden Locken abschneiden und sie in einem Kästchen aufbewahren, um sagen zu können: Das ist mein Papa.

»Da streckte Abraham die Hand aus und ergriff das Messer, um seinen Sohn zu opfern. Doch der Engel des Herrn rief ihn vom Himmel und sagte: ›Abraham! Abraham! Lege deine Hand nicht an den Knaben und tue ihm nichts; denn nun weiß ich, dass du Gott fürchtest und hast deinen einzigen Sohn nicht verschont um meinetwillen‹.«

Maria geht einem Gedanken nach. Sie ist die einzige Tochter ihres Vaters. Wenn er sie eines Tages fesselte und auf einen Altar neben das Feuerholz legte, würde sie sich nicht wundern. Sie stellt sich vor, dass er sie dabei mit seinen ernsten dunklen Augen unter den kupferfarbenen Wimpern anschauen würde. Sie würde eine Locke seines rotblonden Schopfes streicheln, den sie ebenso gern berühren möchte wie sie ihn scheut. Wenn Papa das tut, ist es richtig, würde sie denken. Wenn sie an Mamas Hand geht, mag sie seine Stimme, dann fühlt sie sich beschützt. Er hat eine tiefe Stimme, zögert nie beim Sprechen.

Vor ein paar Tagen hat Maria gebettelt, dass Mama bei ihr schläft. Sie hat fest und ruhig geschlafen und von Italien, von Rom geträumt, der Wohnung der Großeltern, Großmutter, die Tee auf einem Tablett serviert und sich neben Maria setzt.

»Ich möchte auch Kekse, Nonna.«

»Aber Maria, da sind die Kekse doch.« Doch das Tablett ist leer, dort steht nur eine Porzellantasse mit Tee. Die Nonna sieht Maria an und fordert sie auf, die Kekse zu essen, die nicht da sind. Maria tut so, als nähme sie einen, doch zwischen ihren Fingern ist nur unsichtbare Luft, sie kommt sich dumm vor und muss weinen. Sie führt die Hand zum Mund, ihre Zähne schlagen aufeinander, ohne in etwas zu beißen. Während sie weiter in die Leere kaut, verbreitet sich ein guter süßer Geschmack nach Honig und Mandeln in ihrem Mund. Großmutter lächelt, und Maria wacht auf. Es ist früh am Morgen, Mama liegt nicht mehr neben ihr.

In der Nacht nach diesem Traum ist Maria wach geblieben, sie hat sich gegen den Schlaf gewehrt, um zu kontrollieren, ob Mama ja in ihrer Nähe bleibt. Sie hat sich eng an ihre Mutter gedrückt und ihren Busen als Kissen benutzt. Dann kam ihr Vater dazwischen: »Du musst lernen, dich manchmal allein zu fühlen«, hat er gesagt.

Es ist Abend, die Sonne geht unter. Maria, Mama und Papa verabschieden sich von dem französischen Ehepaar und verlassen den Suq in der Medina. Der Himmel färbt sich rosa mit gelben Pinselstrichen, die die Sonne einfangen, während sie hinter einen Baum, hinter ein Haus, unter die Linie des Horizonts sinkt. Jetzt ist es Nacht. Und in dieser Nacht wird Mama nicht bei Maria schlafen. Papa erwartet sie am Bett, um ihr eine Geschichte zu erzählen. Maria ist im himmelblauen Badezimmer, dem mit den Spiegeln, und putzt sich seit einer halben Stunde die Zähne. Erst von rechts nach links, dann von oben nach unten. Ihr Zahnfleisch hat geblutet, jetzt spült und gurgelt sie nach den Tönen eines Liedes, »La vie en rose«. Sie lacht. In der Küche hat Mama die Teller mit Resten von Pastilla und Couscous in die Spülmaschine geräumt, jetzt kommt sie ins Badezimmer, umarmt Maria und kitzelt sie. Lachend versucht Maria, sich zu entwinden. Mama bringt sie in ihr Zimmer, gibt ihr einen Kuss und wünscht gute Nacht, dann lässt sie die beiden allein. Der Vater sieht zu, wie Maria ins Bett steigt. Er ist in eine taubengraue Leinentunika gehüllt, die er als Morgenrock benutzt. Er hat angefangen vorzulesen, sie hört zu. »Wem lässt du zum Raub mich Sterbende, Gastfreund? Da der Name ja nur allein noch bleibt von dem Gatten?«

Maria saugt die Wörter auf, sie liebt Geschichten.

»Es gibt nicht viele kleine Mädchen, die zu schätzen wüssten, was ich dir vorlese. Du bist etwas Besonderes, Maria, ein ganz besonderes Mädchen.«

Maria senkt die Lider und lässt die kräftige Stimme des Vaters, die zwischen den marokkanischen Teppichen und papiernen Lampenschirmen im Zimmer widerhallt, in sich eindringen. Sie ist etwas Besonderes, ein ganz besonderes Mädchen. Der Vater beobachtet sie aus dem Augenwinkel, vielleicht überprüft er, ob sie aufmerksam zuhört, ob sie nicht einschläft. Dann klappt er das Buch zu, lässt nur einen Finger zwischen den Seiten. Er beugt sich über ihren Kopf, küsst ihre Stirn am Haaransatz, wo der blonde Flaum kleiner Kinder mit Schweißtropfen besetzt ist. Eine kalte Hand greift nach ihrem Körper, kitzelt sie an der Hüfte. Jetzt schiebt sie sich unter das Gummiband der Pyjamahose und berührt den Bauch. Maria zieht sich instinktiv zurück, ihre Oberlippe zittert. Sie will sich ihrem Papa nicht widersetzen, sie ist ein besonderes Mädchen. Ganz besonders. Der Mann legt das Buch weg, löscht das Licht, und Maria sieht, wie die rotblonden Lichtreflexe in der Dunkelheit verschwinden. Sein Körper nähert sich dem des Mädchens. Der Kontakt mit der zarten Haut erregt ihn, er lässt sein ganzes Gewicht auf sie sinken, und Maria hält den Atem an. Sie kann ihren Brustkorb nicht weiten, nicht atmen. Die Hände des Vaters gleiten in ihr Unterhöschen, und Maria verspürt ein seltsames Gefühl, etwas aus Wärme und Traurigkeit. Sie lauscht diesem Gefühl, es ähnelt einem Lied. »*Quand il me prend dans ses bras, il me parle tout bas, je vois la vie en rose.*« Sie erinnert sich an die Worte. Mamas Lieblingslied. Das Fenster steht ein wenig offen, ein leichter Wind bewegt die Vorhänge. Mama sagt, das sei ein sehr teurer Stoff. Der Vater streichelt die heimlichsten Stellen ihres Körpers, erst langsam, dann entschlossen. Keine einzige Wolke, der Himmel ist voller Sterne. Der Körper eines Mannes, der zuckt, sich bewegt, eine Wärme erzeugt, die Maria nicht kennt, nicht kennen sollte. Dann hält er inne, lässt sich fallen. Sie weiß nicht warum, sie weiß nicht, was passiert, aber sie traut sich nicht, danach zu fragen, ihre Mama zu fragen, was diese Nacht bedeutet. Papa streicht seinen Morgenrock glatt und sagt ihr Gute Nacht. Er gibt ihr keinen Kuss, dieses Mal nicht, und geht eilig weg. Die Tür wird geschlossen. Ein paar Minuten lang rührt Maria sich nicht. Dann überprüft sie alles, zupft ihren Pyjama zurecht und rollt sich auf einer Seite zusammen, liegt da wie ein Ei. Sie knipst das Nachtlicht an und versucht einzuschlafen, nun hat sie keine Angst mehr.

Erinnerst du dich an die Blumen?

Jetzt ist Maria dreizehn, die Züge sind hart, die braunen Haare lang. Ihre Augen sind klein, aber lebhaft, manchmal blicken sie streng, andere Male haben sie einen unbefangenen, wehrlosen Ausdruck. Dann kann ich sie nicht ansehen, sonst bricht es mir das Herz. Gleich nach den Ereignissen, die unser Leben auf den Kopf gestellt haben, sind wir nach Rom zurückgekehrt. Sie schläft nie. Nachts wandert sie durch den dunklen Flur, und weil sie kein Gefühl für das Verhältnis zwischen ihrem Körper und dem Raum hat, stößt sie gegen die Wände und macht Lärm. Manchmal tut sie sich weh und flucht. Vor ein paar Tagen ist sie mit dem Gesicht gegen die Wand zwischen den Schlafzimmern und dem Esszimmer gestoßen und hat vor Wut geschrien. Es mag gegen vier Uhr morgens gewesen sein, als ich sie vom Boden aufgehoben habe: Ihr Gesicht war blutverschmiert, ein Splitter aus einem Bilderrahmen hatte sich oberhalb des Wangenknochens in ihr

Fleisch gebohrt. Wie immer, wenn sie sich verletzt, hatte ich panische Angst, konnte die Wunde nicht ansehen, ohne zu leiden, als steckte mir selbst ein Stück Holz im Gesicht. Ich dachte: *Das ist mein Auge, ich habe dieses wunderschöne Auge gemacht.* Sie hat die Wunde selbst gesäubert, der Schnitt war klein, musste nicht genäht werden, sie hat sich hingelegt und hat ihr Bett bis zum Morgen nicht mehr verlassen. Meistens jedoch stößt sie sich nur leicht, wie ein Körper, der sich seiner Schwerkraft überlässt, sich mühsam voranschleppt, dorthin, wo er Platz findet. Ich weiß nicht, was sie sucht, ob sie nicht schläft, weil sie unruhig ist und Angst hat, oder ob die Nacht, meine tiefen Atemzüge im Schlaf, die Stille und die leer erscheinende Wohnung ihr eine Gelassenheit schenken, auf die sie nicht verzichten kann. Oft höre ich das Geräusch von Tellern, Schubladen, die rabiat auf- und zugemacht werden. Am nächsten Morgen ist das Geschirr schmutzig, und alles, was am Abend zuvor aufgeräumt war, finde ich in wüstem Durcheinander vor. Sie hat immer noch ihre sanften Kinderaugen. In ihren brutalen Antworten, die mich oft verletzen, erkenne ich großes Misstrauen gegenüber anderen Menschen. Wenn ich ihr meine Umarmungen anbiete, blickt sie mich müde an und wendet sich missmutig ab, aber mir scheint, dass sie ihr erstes »Nein« schon bereut, wenn sie es sagt. Sie braucht meine Umarmungen wie Medizin. Vor vier Jahren sind wir nach Rom umgezogen, damit wir so tun konnten, als hätte es die Vergangenheit nie gegeben. Andere Orte, frei von der Last der Erinnerung an das Geschehene, damit mein Mädchen weit weg von der ausgeübten und erlittenen Gewalt aufwächst. Doch es ist, als würde die Vergangenheit irgendwo jenseits des Raums schweben und sich brutal gerade auf die Momente legen, die wir lieber in unbeschwerter Freude verbracht hätten.

Frühmorgens gehe ich hinunter in die Bar, dann habe ich Zeit, bei einem Cappuccino in aller Ruhe die Zeitung zu lesen. Wenn ich sehr früh aufwache, vertrete ich mir ein bisschen die Beine, gehe die Treppe am Ponte Sant'Angelo hinunter und spaziere am Tiber entlang, dessen träge dahinströmendes Wasser flaschengrün ist. Vielleicht liegt es an der Verschmutzung, dass er diese Farbe hat, vielleicht sind es die hohen Platanen, deren dicht belaubte Äste über dem Wasser hängen und sich im Fluss spiegeln. Im Grunde kann mir auch das Hässliche schön erscheinen, wenn ich es mit wohlwollenden Augen betrachte. Ich schlendere am Ufer entlang, die Sonne ist noch schwach, blitzt zwischen den Zweigen hindurch. Bald wird sie höher stehen und stechen, dann werden die steilen Ufermauern aus Travertin ihre Farbe wechseln. Noch sind sie mattdunkel, doch gleich werden sie sich in ihrer ganzen

Schönheit zeigen, majestätisch und weiß, und dann werde ich wieder einmal denken: *Ja, das ist Rom.* Wacht Maria gerade auf oder bleibt sie bis mittags im Bett? Ich könnte zwei Apfelsinen auspressen, ein Brioche kaufen, die Fensterläden öffnen und sagen: Guten Morgen, Liebes, draußen ist Sommer! Ich gehe noch ein bisschen weiter auf dem Uferweg, vielleicht komme ich bis zum Ponte Milvio und spiele Bäume bestimmen; das hier ist der schwarze Holunderbaum, der da eine Feldulme. Dort ist die Vegetation dichter, ich könnte mich ins Gras legen und mir die Sonne ins Gesicht scheinen lassen, das tut mir gut. Wie sehr ich mich freue, wenn dann ein Kormoran vorbeifliegt! Gestern Morgen zum Beispiel war mir doch wirklich, als hätte ich ein Eisvogelpärchen gesehen mit ihren blauen Rücken. Und als einer aufflog, einen weiten Bogen schlug und dann wieder zum Ast zurückkehrte (wen er damit wohl beeindrucken wollte?), entdeckte ich auf seinen Flügeln ein wunderschönes Irisieren in Grüntönen und dachte: *Mein Gott, wie schön, wer will da zurück nach Hause?* Aber man muss nach Hause zurück, vor allem wenn man jemanden hat, der von einem abhängt, du musst unbedingt umkehren, nicht hier herumtrödeln, weil du einen Vogel mit schönen Flügeln gesehen hast oder einen Spatz oder eine Krähe. Also kehre ich zurück, allerdings mit dem Gefühl, dass ich eigentlich dorthin gehöre, wo der Tiber noch wild ist und man beim Spazierengehen nicht mehr auf Travertin tritt, sondern auf Wurzelgeflecht und Morast. Wo du dann deine nassen Schuhe anschaust und denkst: *Soll ich dir was sagen? Ich ziehe sie jetzt aus und gehe barfuß, und wenn es nicht zu kalt ist, schwimme ich sogar ein bisschen.* Wenn ich mich beeile, ist Maria vielleicht noch nicht aufgewacht, und ich kann ihr das Frühstück ans Bett bringen, dann lächelt sie mich an, und auch ich bin glücklich. Nein, es ist neun Uhr, sie ist bestimmt noch nicht wach, sie wird erst vor ein, zwei Stunden eingeschlafen sein. Und das fehlte gerade noch, dass sie mit mir schimpft. Ich drehe mich noch einmal zum Fluss und stelle mir vor, ein Mädchen mit einem schwarzen Bubikopf und Steinchen in der Hand zu sehen. Sie stampft mit den Füßen auf, sie möchte noch ein bisschen bleiben und Steine werfen, so lange, bis wenigstens einer zwei oder drei Sprünge auf der Wasseroberfläche macht. Aber die Mama scheint entnervt und möchte ihr die Hände waschen. Der Fluss, an den ich mich erinnere, ist ganz anders als der Tiber. Seine Farbe ist ein zartes Blau, und er wirft kleine Wellen, wenn das rot und gelb gestrichene Ruderboot vorüberfährt. Auf einer Bank sitzen zwei Frauen mit Kopfschleier, die Erde ist rot wie ein Sonnenuntergang, und in das Kreischen der Möwen mischt sich der Lärm der Autos auf der nahen Straße. Ich erkenne diesen Fluss wieder, es ist der Bou-Regreg. Das Mädchen kann nur Maria sein, ihre Augen sind schwarz wie Oliven, und sie hat eine unerschöpfliche Energie. Und das bin ich, dichtes, braunes Haar, kurz geschnitten, wie ich es vor ein paar Jahren trug. Wir warten auf meinen Mann, er ist zum Suq in der Nähe gegangen, um zwei mit Ziegenkäse gefüllte *Baghrir* für uns zu holen. Ich erinnere mich an diesen Nachmittag wie an ein Foto. Abends sollte Giorgio nach Rom fliegen zu seiner Mutter, die sich die Hüfte gebrochen hatte und sich nicht bewegen konnte. Normalerweise kam sie zu uns nach Rabat, sie liebte Marokko und seine Farben; sobald sie einen Fuß aus dem Flugzeug setze, sagte sie, habe sie den Geruch dieses Landes in der Nase. Pfefferminzgeruch vor allem, denn so riecht der Tee, den die Marokkaner zu jedem Essen, zu jeder Jahreszeit und jeder Tageszeit trinken. Schön war sie, Adele, sie ähnelte Maria, rabenschwarze Augen und eine scharf geschnittene Nase. Sie war groß, ihre Figur zierlich und ihre Gesten graziös. Nie schnitt sie sich die Haare, sie flocht sie zu einem weißen Chignon, der ihr weich in den Nacken fiel. Wenn sie durch Rabat bummelte, auf der Suche nach schönen Stoffen, die sie nach Italien mitnehmen wollte, stieß sie in jedem Geschäft auf jemanden, der ihr einen Tee anbot. »Das konnte ich doch nicht ablehnen, dann sind die Leute hier beleidigt, weißt du?«, sagte sie mir immer, um sich für ihre Verspätung zu entschuldigen. Wir saßen zu Hause und warteten mit dem Abendessen auf sie, und während sie mal hier einen Schluck, mal da einen Schluck trank, machten wir uns Sorgen, denn der Himmel wurde dunkel, und sie war immerhin eine Frau in fortgeschrittenem Alter. Ich war oft allein, aber wenn Adele bei uns war, erfüllte Fröhlichkeit das ganze Haus. An manchen Nachmittagen stellte Maria sich krank, um nicht zur Schule gehen zu müssen, dann spielten wir zu dritt Teekochen. Großmutter im knöchellangen schwarzen Kleid, auf der Brust eine Perlenkette, die Haare hochgesteckt, sagte: »Das ist kein Spiel, sondern eine sehr ernste Angelegenheit. Wir zelebrieren das Teeritual.« Sie setzte Wasser auf und bat Maria, die Teekanne vorzubereiten. Wenn das Wasser kochte, begoss Adele die Teeblätter fingerbreit, damit sie aufquollen, dann seihte sie die Flüssigkeit ab, fügte abermals Wasser hinzu und stellte den Kessel zurück aufs Feuer.

»Wie oft willst du das Wasser denn noch kochen?«, fragte ich.

»Das ist ein Ritual, ein Ritual, verstehst du, du kannst nicht einfach herkommen und das Ritual ändern!«

Adele goss den Tee in ein Glas, »es muss dreißig Zentimeter hoch sein«, erklärte sie, »damit der Zucker sich gut auflösen kann«. Dann goss sie den Inhalt zurück in die Teekanne und wiederholte die

Prozedur mehrmals. Wenn ich bei diesem andauernden Hin und Her ungeduldig wurde, schimpfte Maria mit mir: »Basta, Mama, das ist das Teeritual. Oma hat es von einem Mann mit Turban und langem Bart gelernt, man darf das Ritual nicht verändern!«

Das Getränk hatte einen einzigartigen Geschmack, manchmal zerdrückte ich Pistazien und gab das Pulver in die Gläser. Oder ich ließ Maria Kleie mit fein zerstoßenen Mandeln und Puderzucker mischen, um daraus *Ghoriba* zu backen, Kekse, die, in den Tee getunkt, die Flüssigkeit aufsogen und weich wurden. Immer wenn mein Mann abreiste, packte mich die Angst. Es war, als würde schlagartig alles zu schwer für mich, auch kleine Dinge: meine Tochter zur Schule bringen, das Abendessen zubereiten. Ich fühlte mich müde, fürchtete, es könnte etwas passieren, was ich nicht vorhergesehen hatte. Wenn die Lehrerinnen sich über Maria beklagten, wurde das für mich zu einem abnorm großen Problem. Machte ich Fehler, wo machte ich Fehler? Allein konnte ich nicht einschlafen. Oft lief ich in Marias Zimmer, voller Angst, man hätte sie entführt, dann wachte sie auf und sagte mit schlaftrunkenen Augen: »Mir geht's gut, Mama, ich bin hier.« Sie war vier Jahre alt und versuchte, mich zu beruhigen. *Eine Mutter muss Sicherheit bieten,* dachte ich, aber ich fühlte mich wie eine Alge, die nur noch mit einem Faden am Meeresboden hängt, die sich tanzend im Wasser bewegt, und jede Welle könnte ihre letzte sein. Als Kind weinte ich, wenn mein Vater mich allein in der Schule zurückgelassen hatte. Wurde ich abgefragt, antwortete ich flüsternd, errötete bis zu den Ohrläppchen. Ich habe immer gewusst, dass ich niemals etwas Bedeutendes zustande bringen würde, dass ich ein unauffälliges Leben führen und ohne großes Aufhebens im rechten Moment einen banalen Tod sterben würde. Dann würden alle sagen: »Ach, sie war doch eine gute Frau. Ja, eine gute Frau«, denn das sagt man von einer toten Frau, an die keiner sich erinnern muss, weil es keinen Grund gibt, ihrer zu gedenken.

Giorgio war kein leidenschaftlicher Mann, aber er schien in sich gefestigt. Er hatte einen autoritären Ton, den ich liebte, ja, ich schäme mich nicht, zu sagen, dass ich ihn sehr liebte. Wenn er Ja oder Nein sagte, war das wirklich ein Ja oder Nein, es bedeutete nie etwas anderes. Er überlegte lange, und wenn er einen Entschluss gefasst hatte, führte er ihn konsequent aus, wodurch er jedes Ziel erreichte, das er sich vorgenommen hatte. Jeder, der gut über ihn sprach, fürchtete ihn auch. Was er sagte, klang nie freundlich, sondern schroff und vom ersten bis zum letzten Wort wohlüberlegt; Stimmfarbe und Tonfall waren dem Inhalt perfekt angepasst. Dennoch war er in gewisser Weise ein Kind geblieben.

Dieser ganze planvoll strukturierte Rahmen war Selbstschutz. Die Härte, das minutiöse Befolgen von Regeln waren der Käfig, den er sich gebaut hatte, um das Monster aufzuhalten.

Wie schön Maria heute ist. Sie trägt ein geblümtes Kleid mit einem Gürtel um ihre schlanke Taille. Ihre Hüften sind schmal, der Rücken weiß und zart. Sie hat die Haare mit einer Spange zusammengebunden, endlich sehe ich ihr Gesicht. Sie strahlt, geht sie aus? Sie hat sich die Lippen zartrot geschminkt, und mit ihren dunklen, lebhaften Augen wird kein Mann sie übersehen können. Der Himmel ist bedeckt, ich fürchte, es wird bald regnen. Wenn sie so perfekt zurechtgemacht ausgeht, werden ihre Schuhe nass, die Haare werden ihr im Gesicht kleben, die Schminke über die Wangen laufen, und sie wird aussehen wie eine Hexe. Wenn doch nur die Sonne herauskäme, ein, zwei Strahlen, und sei es ein schwaches Licht, damit sie ihre gute Laune behält.

»Ich geh draußen frühstücken.«

»Kannst du auf dem Markt vorbeigehen und Bohnen kaufen?«

»Mach ich. Wie viel soll ich kaufen?«

»So viel, wie wir brauchen. Bist du zum Mittagessen zurück? Ich habe Antonio eingeladen.«

»Antonio, deinen kleinen Freund?« Sie blickt mich mit listiger Miene an.

»Er möchte dich unbedingt kennenlernen, also habe ich gedacht, an diesem schönen Sonntag ... Aber wenn du keine Lust hast ...«

»Ja, es ist ein schöner Sonntag.«

Sie geht zur Haustür, scheint wirklich fröhlich. Ihr Gang ist ungelenk, aber dank ihrer schlanken, hochgewachsenen Figur wirkt sie trotzdem elegant. Auch ihre Art, sich schaukelnd zu bewegen, macht keinen unschönen Eindruck, es sieht aus, als schwämme sie erschöpft im Meer von einem Felsen zum anderen. Sie bleibt vor dem großen Wandspiegel im Flur stehen, glättet ihr Kleid über den Hüften, streicht die Haare nach hinten. Dieser Spiegel ist, neben ein paar Teppichen, eines der wenigen Möbelstücke, die wir aus Rabat nach Rom mitgenommen haben. Ein unvergleichlich schönes Stück. Der Rahmen besteht aus handgeschnitztem, mit Intarsien aus weißem Harz geschmückten Zedernholz. Er hat die Form einer *Mihrāb,* das ist diese von einer verzierten Halbkuppel gekrönte Nische, die immer in Richtung Mekka zeigt und den heiligsten Teil der Moschee darstellt. Von dort leitet der Imam das Gebet an. Eigentlich müsste ich diesen herrlichen Spiegel in Stücke schlagen, er scheint einen schrecklichen Einfluss auf die Stimmung meiner Tochter zu haben. Ich hätte nichts von unserem Leben in Marokko behalten dürfen.

»Nein, so aufgemotzt kann ich nicht rausgehen,

ich sehe ja bescheuert aus. Warum hast du mir nicht gesagt, dass ich bescheuert aussehe?«

Aber wie kann man sich von so einem prachtvollen Gegenstand trennen? Als wir nach Italien umzogen, hatten Maria und ich beschlossen, uns an nichts mehr zu erinnern. Im Flugzeug spielten wir ein Spiel: »Erinnerst du dich an die Puppe, die Nonna dir zu Weihnachten geschenkt hat, die mit dem perlenbesetzten Kleid?«

»Nein, an die erinnere ich mich nicht. Erinnerst du dich, dass du mir, wenn ich Hausaufgaben machte, immer Süßigkeiten gebracht hast, und dass wir sie dann auf den Kissen am Boden gegessen haben?«

»Nein, ich erinnere mich nicht. Erinnerst du dich an den großen Elefanten aus Porzellan auf der Anrichte im Eingang, der so schöne Glasaugen hatte, dass sie echt aussahen?«

»Nein, ich erinnere mich nicht. Erinnerst du dich an die Blumen?«

»Welche, die blauen und rosa Blumen, mit denen wir den ganzen Balkon vollgestellt haben, um einen kleinen Garten zu schaffen?«

»Ja, die.«

»Nein, ich erinnere mich nicht.«

Es kommt mir so dumm vor, an einem Spiegel zu hängen, der einfach nur schön ist, sonst nichts, und in dem unsere Körper deformiert erscheinen wie die hässlichen Körper von Kranken, vollgesogen mit allen Erinnerungen, die wir vergessen wollten. Jedes Mal, wenn Maria hineinsieht, kann sie danach nicht mehr aus dem Haus gehen, und auch ich versuche, daran vorbeizugehen, ohne mein Spiegelbild anzuschauen, damit ich mich nicht gezwungen fühle, einen Rückzieher zu machen und alles auf ein anderes Mal zu verschieben.

»Konntest du mir nicht sagen, dass ich bescheuert aussehe, so angezogen?«

»Wie, so angezogen?«

»Na, so eben«, sagt sie ungeduldig, an ihrem Kleid zerrend.

»Nein, Maria. Das Kleid steht dir gut.«

»Das stimmt nicht. Du sagst das nur, weil du willst, dass ich rausgehe, ohne Ärger zu machen. Nie sagst du die Wahrheit.«

»Doch, es stimmt. Gerade eben habe ich noch gedacht: *Wie schön Maria aussieht, wie attraktiv sie ist in diesem Kleid, das wie angegossen sitzt.*«

Vorsichtig lege ich ihr eine Hand auf die Schulter. Ich merke, dass sie sich beruhigt hat, weil sie sich anfassen lässt. Sie lächelt zaghaft.

»Wirst schon sehen, wie die Leute dich angucken. Hier, zieh den Mantel über.«

»Aber es ist Sommer!«

»Heute ist es ein bisschen kühler, der Mantel ist aus Baumwolle. Und was meinst du, wie gut du darin aussiehst! Bei deinem Teint, deinen Augen!«

»Okay.« Sie legt sich den Mantel um die Taille, zieht die Schlaufe fest, betrachtet sich nicht mehr im Spiegel. Ihre Augen glänzen, ihr Gesichtsausdruck ist sanft, der Mund klein und weich.

»Bin ich wirklich schön?«, fragt sie.

»Du bist wirklich schön.«

»Ich gehe«, sagt sie fröhlich. Auf ihrer linken Wange erscheint ein herrliches Grübchen, und strahlend geht sie aus der Tür. Ich bleibe vollkommen reglos stehen. Möchte am liebsten singen, die Fenster öffnen, sie ist hinausgegangen, sie ist auf dem Weg der Besserung. Und wenn sie zurückkommt? Wenn sie die Treppe hinaufläuft, stolpert, in die Wohnung stürmt, sich mir um den Hals wirft und sagt: »Ich bin wirklich hässlich, unten auf der Straße haben die Leute mich böse angeguckt«, sich dann in ihrem Zimmer einschließt und wer weiß wann wieder aufmacht? Ich beuge mich aus dem Fenster, sehe einen Zipfel des beigen Mantels hinter der Ecke verschwinden, sie kommt nicht zurück. Ich stelle mir vor, wie sie auf der Via Cola di Rienzo zum Wochenmarkt spaziert. Dann wie eine Dame zwischen den Ständen mit Obst und Gemüse herumschlendert, »woll'nse von den Kirschen kosten, Herrschaften? Gott, wie hübsch die Signorina, der schenk ich zwei Kilo Kirschen«, dann einen weiten Bogen schlägt, denn der dunstige Himmel vom Morgen ist jetzt blassgrau, und sie hat Lust bekommen, ein bisschen zu gehen. An den Vatikanischen Mauern entlang, im Hintergrund die Doppelsäulen vom Petersplatz. Am Tiber, dessen Pegel gestiegen ist, und dort hinten liegt der Gianicolo-Hügel, menschenleer und still.

Als Erstes wechsle ich ihre Bettwäsche, lüfte das Zimmer. Ich sammle Unterhosen und Strümpfe ein, ein Sonnenstrahl fällt in den Raum, ich falte die Kleider zusammen, damit Antonio alles ordentlich vorfindet, wenn er kommt. Schon immer, jeden Tag, bin ich den Stimmungen meiner Tochter ausgeliefert gewesen. Ohne irgendeine Vorwarnung, ohne jede Regel. Ohne dass ich etwas dagegen tun kann, wechselt sie vom Lächeln zum Weinen, von Anteilnahme zur Aggression. Ich erinnere mich an einen Abend in Marokko, wir saßen zusammen am Küchentisch, ich siebte Mehl, sie spielte mit Buntstiften. Sie versuchte, einen Schmetterling zu malen, »die Flügel sind rosa und blau«, sie drehte das Blatt um, »und darauf sind viele Kreise und Herzen«. Urplötzlich, ohne ersichtlichen Grund, beschimpfte sie mich und kritzelte alles voll. »Das ist kein Schmetterling mehr, das ist der verrückte Lockenpapa«, sagte sie und kritzelte weiter, bis das Papier zerriss, »das ist der Käfer mit den roten Augen, und er sticht mich, er sticht mich.«

Ihre eigene Zeichnung schien sie zu erschrecken. Sie stürzte sich auf mich und versuchte, mich zu Fall zu bringen, indem sie mit den Fäusten auf meine Beine schlug. Dann versuchte sie, die Wand zu zerkratzen, drehte sich um und wollte ihre Haut und meine mit dem Stift ritzen, den sie in der Hand hielt. Ich wartete auf die Rückkehr meines Mannes, tat so, als sei nichts geschehen, und ging Maria aus dem Weg, als wäre sie eine Fremde, die einen Anschlag auf mein Leben verübt hatte, und nicht meine kleine, fünfjährige Tochter, die mich dazu bringen wollte, genauer hinzusehen, die Signale des Unwohlseins aussandte, damit ich bemerkte, dass sie litt, dass ihr etwas angetan wurde. Ich sagte mir: *Noch ein paar Stunden, dann ist Giorgio hier, der knöpft sich Maria vor, schimpft sie ordentlich aus. Er wird sich darum kümmern.* Von der Küche aus hörte ich Marias Schritte im Wohnzimmer, sie hatte sich beruhigt und spielte mit Lego, doch ich hatte Angst, sie würde zurückkommen und ein Messer auf mich werfen.

Sie ist krank, verrückt, ich blickte durch den Türspalt, um zu sehen, was sie tat.

»Brumm, brumm«, flüsterte sie, einen Legostein über den Teppich schiebend.

Wie glücklich wäre ich, wenn sie anders wäre, wenn das nicht meine Tochter wäre!, dachte ich, tat mir selbst leid, legte mir die Hände auf die Brust und weinte lautlos. Hoffentlich trafen sich unsere Blicke nicht.

»Brumm, brumm«, machte sie wieder. An dem Abend wartete Giorgio, bis wir alle am Tisch saßen, dann nahm er die Sache in Angriff.

»Was ist heute Nachmittag passiert, Maria?«

Verlegen tat Maria, als hätte sie ihn nicht gehört, sie spielte mit dem Essen auf ihrem Teller. Aus den Erbsen formte sie einen Blumenstiel, aus den Karotten eine Blüte.

»Du hast Mama geschlagen, stimmt das?«

»Nein, das stimmt nicht, das war der Käfer mit den roten Augen.«

»Maria, du lügst, Mama lügt nicht. Bitte sie um Entschuldigung, du hast sie geschlagen.«

»Das stimmt aber nicht! Nein!«, schrie Maria, wieder außer sich.

»Ruhe! Bitte sie um Entschuldigung und sag, dass du das nie wieder tun wirst.«

»Du solltest ihr eine ordentliche Tracht Prügel verpassen«, stachelte ich ihn an.

»Um ihr ein gutes Vorbild zu sein? Lass mich tun, was ein Vater tun muss. Maria, du entschuldigst dich jetzt bei Mama, eins, zwei ...«

»Entschuldige, Mama, ich mach's nicht wieder.«

An diesem Abend wollte ich Maria auf keinen Fall ins Bett bringen, ihr Vater blieb lange bei ihr. Ich wartete ungeduldig auf ihn, er sollte zu mir zurückkommen, mir versichern, dass es wirklich nie wieder passieren würde. Doch es würde wieder und wieder passieren, das war erst der Anfang. »Wir schicken sie zu einem Psychiater«, hatte ich ihm vorgeschlagen, in der Hoffnung, sie könnte geheilt werden.

»So ein Unsinn, was denn für ein Psychiater, Silvia, ich bitte dich.«

»Warum denn nicht, Giorgio? Kommt sie dir wie ein normales Kind vor?«

»Psychiater behandeln Krankheiten.«

»Ja, geistige Störungen.«

»Was für eine Art Störung soll Maria denn deiner Meinung nach haben? Immer musst du übertreiben, ein vernünftiges Mittelmaß gibt es für dich nicht.«

»Mittlerweile erscheint es mir offensichtlich, dass sie anders ist. Meinst du nicht?«

»Sie ist ein sehr intelligentes Kind, und intelligente Menschen verhalten sich manchmal merkwürdig.«

»Sie ist verrückt, sie ist aggressiv und tollwütig wie ein Hund. Du bist den ganzen Tag außer Haus, aber ich versichere dir, für mich ist sie unerträglich geworden. Verstehst du? Angst vor der eigenen Tochter haben zu müssen ...«

»Sie hat eben ihren eigenen Charakter, daran kannst du nicht das Geringste ändern. Wir sollten versuchen, uns mehr um sie zu kümmern, aber Kinder sind keine Versuchskaninchen.«

»Kinder haben alles Recht auf Schutz, Unterstützung, Liebe und die Chance, im Leben all ihre Fähigkeiten entfalten zu können. Und ich glaube, Maria braucht wirklich Hilfe.«

»Ein so kleines Mädchen zu einem Psychologen zu schicken bedeutet nicht, sie zu beschützen, sondern sich selbst aus der Affäre zu ziehen und seine Hände in Unschuld zu waschen. Als würde man sagen: Kümmert ihr euch darum, wir konnten ihr nicht genug Liebe geben. Aber was fordert Maria wohl, wenn nicht ein bisschen mehr Liebe?«

»Ich an deiner Stelle hätte sie ohne Abendessen ins Bett geschickt, ich bin wirklich wütend!«

Ich hätte sie so lange in ihrem Zimmer eingeschlossen, bis sie mich anflehte. Sie zerstörte meine Vorstellung von der perfekten Familie. Sie erinnerte mich jeden Tag daran, wie sehr ich gescheitert war. Sie, die mich mit ihrem Zorn zwingen wollte zu sehen. Ich sah nichts. Sie musste sich ändern, nicht ich und mein Mann, die wir uns schon ein ganzes Leben lang liebten. Stattdessen brachte Giorgio sie ins Bett, las ihr Märchen vor, damit sie einschlief. Als er ins Schlafzimmer kam, ließ ich mich von ihm trösten, wie immer. Er hielt meinen Kopf, streichelte mich wie ein Kind, und ich steigerte mich noch mehr in meinen Kummer hinein, weil ich wusste, dass er mein Schutzwall war.

»Unsere Tochter ist ein Ungeheuer, was haben wir nur getan, um das zu verdienen?«

»Hör auf, Liebling. Schlaf jetzt, auch du bist nervös.«

Schlaf jetzt

»Komm her, Maria«, sagt Papa, nimmt sie in den Arm und setzt sie sich auf die Knie. »A-e-i-o-u, wiederholen.«

»A-e-i-o-u, wiedelholn.«

»Ohne wiederholen, Dummchen, a-e-i-o-u.« Maria lacht, steckt ihren Kopf unter Papas T-Shirt.

»Guck dir das an, sie versteckt sich wie ein Strauß.« Mama, die gerade Tee kocht, lacht sie aus.

»Ein Stlauß?«

»Das ist ein riesiger Vogel, er steckt seinen Kopf in den Sand, um nicht gesehen zu werden. Der Körper ist draußen, nur der Kopf ist versteckt. Strauße sind Dummerchen, wie du.«

»Und wie du.«

»Papi ist kein Dummerchen. Das sind Papas nie.«

»Stlauß.«

»Strauß, Strrrauß.«

»Stlauß.«

»A-e-i-o-u, wiederholen.«

»A-e-i-o-u, a-e-i-o-u, a-e-i-o-u, wiedelholn«, trällert Maria, dabei springt sie mit geschlossenen Füßen von einer Fliese zur anderen.

»A-e-i-o-u, die Vokale, die kennst du.«

»A-e-i-o-u, die Vokale, die kennst du. Stlauß.«

»Maria, jetzt gehen wir ein Schläfchen machen«, sagt Mama und reicht ihr die Hand.

»Ein Schläfchen. Und Papi, macht der kein Schläfchen?«

»Nein. Papi ist groß genug, um nachmittags wach zu bleiben. Aber du gehst ein Schläfchen machen.«

»Ich bleibe bei Papi.«

»Geh jetzt mit Mama, Maria, sonst spricht Papi nicht mehr mit dir«, sagt der Papa und gibt ihr einen Klaps auf den Po.

»Och ...«

Mama zieht ihr andere Socken und den Pyjama an und steckt die Bettdecke fest.

»Ich mag das nicht.«

»Was magst du nicht, Maria?«

»Ich mag das nicht mehr.«

»Du magst nicht schlafen?«

»Nein.«

»Du willst nicht mehr schlafen?«

»Nein.«

»Wenn du groß bist, wirst du nicht mehr schlafen.«

»Ich will Papi.«

»Papa arbeitet. Du schläfst jetzt, danach schicke ich ihn zu dir, damit er dich weckt.«

»A-e-i-o-u.«

»Sehr gut, schlaf jetzt.«

»A-e-i-o-u.«

»Schlaf.«

»Stlauß.«

Bougainvillea

Maria kommt zurück, schlägt die Haustür hinter sich zu. Sie wirft den Beutel mit den Bohnen auf den Küchentisch. »Ich muss mich beeilen, gleich kommt dein Antonio, und ich sehe furchtbar aus.«

»Wieso furchtbar?«

»Ich möchte schön sein.«

»Das bist du jetzt schon, hilf mir ein bisschen in der Küche.«

Sie blickt mich scheel an, als hätte ich sie um etwas Unerhörtes gebeten.

»Willst du, dass ich einen guten Eindruck mache, oder nicht?«

Schwankend und brummend geht sie aus der Küche. Die Haare im Gesicht. Mein Blick fällt durch die Gardinen auf den Balkon gegenüber. Keine Blumen, nur ein paar Wäschestücke an der Leine, die sich nicht bewegen, obwohl ein leichter Wind weht. Zwei im Schatten der Hauswand schlafende Katzen.

Durch die Fenster unseres Hauses in Rabat blickten wir dagegen auf eine üppige Bougainvillea, eine außergewöhnlich kräftige Pflanze, die beim Nachbarn gegenüber wuchs. Ihre Blüten spielten vom Zartrosa ins Feuerrot, und dort, wo die Blütenblätter der Sonne ausgesetzt waren, färbten sie sich dunkelorange. Unser Nachbar schnitt die Äste ab, die sich an die Läden seiner großen Fenster geheftet hatten, doch sie wuchsen großzügig nach, kletterten an den Hausmauern empor und fielen dann in dichten Farbwolken wieder herab, eine wahre Augenweide. Es heißt, die Bougainvillea sei eine empfindliche Pflanze, die viel Pflege braucht. »Meine« aber klammerte sich wuchernd an alles, was Halt bot, wuchs energisch und übermütig in die Höhe. Ich erinnere mich an einen Nachmittag, als ich mir Maria auf den Schoß setzte, »siehst du die Bougainvillea dort?«, und dachte, dass mein kleines Mädchen auch so kräftig und schön heranwuchs. Damals hatte sie einen schimmernden Teint und lebhafte, klare Augen, den aufmerksamen Blick bei ihren Kinderspielen. Ich zog ihr Kleidchen mit Blumenmuster oder in altweißer Farbe an, damit ihre sonnengebräunten Ärmchen zur Geltung kamen. Es machte mir Spaß, ihr die Haare zu bürsten, sie zu Zöpfen zu flechten und um ihre Stirn zu winden, »wie bei einer Berberprinzessin«.

»Spielen wir, dass ich die Berberprinzessin bin

und du der Prinz Salamin?«, bat sie mich und nahm meine Hände.

»Es war einmal eine wunderschöne Berberprinzessin, die lebte in der Wüste bei ihrem Vater, der Ziegen hütete und Kamele besaß. Prinz Salamin war schön, aber gelangweilt, und er lebte in einer weit entfernten, kalten Stadt. Eines Tages fiel ihm ein Bildnis der Prinzessin in die Hände. Er verliebte sich sofort in sie und beschloss, sie zu suchen. Hundert Tage und hundert Nächte lang wanderte er, litt Hunger und Durst.«

»Und dann findet er ein Kamel.«

»Das ihn mitten in die Wüste bringt, in die Dünen von Chegaga.«

»Er kommt in einer Oase an, und dort findet er die Berberprinzessin.«

Damals verbrachte ich viel Zeit mit meiner Tochter. Mein Mann war häufig auf Reisen, und ich hatte in Marokko nicht viel zu tun, außer über die Märkte zu bummeln und dort in die warme, lebhafte Atmosphäre einzutauchen. Mit Leib und Seele widmete ich mich Maria. Die Tage erschienen mir lang, ich zog ihr bequeme Schühchen an und ging mit ihr im Park am Mechouar-Platz in der Nähe des Königspalasts spazieren. Manchmal war sie fröhlich und neugierig, dann bestürmte sie mich mit Fragen. Wenn ich die Antwort nicht wusste, wurde ich ärgerlich und sagte: »Schluss jetzt mit diesen dummen Fragen«, denn ich wagte nicht zuzugeben, dass ich etwas nicht wusste. Marias Miene verfinsterte sich sofort. Es geschah sehr schnell, von einem Moment zum anderen, bloß wegen eines Satzes oder einer kleinen Unaufmerksamkeit, dass sie sich zurückzog, beleidigt verstummte. Ich nahm ihre Hand, sie entwand sich und steckte die Hand in die Manteltasche.

»Bist du böse auf mich?«

»Du bist doch böse auf mich.«

»Ich bin nicht böse, Liebes.« Ich nahm sie in den Arm, aber während ich sie an mich drückte, weinte sie.

»Du hast mich nicht lieb«, warf sie mir vor und biss mich in die Schulter.

»Maria muss immer wieder in ihrem Selbstvertrauen bestärkt werden«, sagte ich zu meinem Mann, »sie sagt, sie sei hässlich, und deshalb habe ich sie nicht lieb.« Ich kam mir selbst wie ein Kind vor, das alles falsch macht. Giorgio, der immer so unerschütterlich und gelassen war, gab mir Sicherheit. Bei ihm suchte ich die Antworten, die ich nicht hatte. Wenn ich abends kochte und Maria Zeichentrickfilme schaute, beobachtete ich sie von der Seite, ihren leicht geöffneten Mund, den versunkenen Blick. Ich umfasste ihr Gesicht und kniff ihr in die Wangen. »Wem gehört denn dieses Schnäuzchen?«, fragte ich und küsste sie auf den Mund. Dann lachte sie und blickte zur Seite, um den Fernseher nicht aus den Augen zu verlieren.

»Geh Papa die Tür öffnen«, forderte ich sie auf, wenn er zum Abendessen nach Hause kam.

Maria wartete vor der Haustür. Sie kämmte sich die Haare mit den Fingern, und wenn Giorgio klopfte, fragte sie: »Wer ist da?«

»Papa.«

»Nein, du musst sagen: der Prinz Salamin. Also, wer ist da?«

»Ich bin der Prinz Salamin, ich suche die Berberprinzessin von meinem Bildnis.«

»Wie sieht diese Prinzessin denn aus?«

»Sie hat Augen aus Obsidian, die alles durchbohren können, und eine Hautfarbe wie der Mond, die die härtesten Herzen erweicht.«

Maria öffnete die Tür, und Giorgio küsste sie auf die Stirn. Er war ein schweigsamer Mann. Er kam müde nach Hause, setzte sich in seinen Sessel und steckte sich eine Zigarre in den Mund, manchmal ohne sie anzuzünden, nur wegen des angenehmen Tabakgeschmacks auf der Zunge. Wenn ich ihn so verschlossen und in einsame Gedanken versunken sah, fiel es mir oft schwer, mich an unsere Liebe zu erinnern, an die frische, heftige Verliebtheit der ersten Zeit, und ich fragte mich, ob es diese Liebe wirklich gegeben hatte. Ich hatte ihn vergöttert, angefleht, ungeduldig gewartet, bis er mich, als ich achtzehn war, endlich gebeten hatte, ihn zu heiraten. Er war damals schon siebenundzwanzig, ein berufstätiger Mann. Meistens gingen wir samstagnachmittags zusammen aus, ein Eis auf dem Corso und ein Film im Kino, die erste Vorstellung am Abend. Nie hätte er mir unter den Rock gefasst oder mit seinen rauen Handflächen über meine Strümpfe gerieben. Er küsste mich verschämt, dabei hielt er meinen Nacken. Oder er streichelte meine Haare und sagte: »Wie weich sie sind, sie duften nach Pfirsich.« Nie ließ er meine Hand los, er drückte sie so fest, als wünschte er sich sehnlich, meinen ganzen Körper an sich zu pressen, doch ein tiefes Gefühl des Respekts hielt ihn davon ab, nur unsere Finger blieben ineinander verschränkt. Er bewohnte meine Albträume und meine Sehnsüchte, beherrschte meine Stimmungen, verfügte über meine Zeit und meine Gelüste, die immer stärker wurden, wie eine Folter, mit der er nie aufhörte. Dann kam eine Sommernacht, aber der Himmel war grau und regenschwer, es war dunkel am Strand von Santa Marinella, und wir konnten kaum sehen, wo wir unsere Füße hinsetzten. Wir hatten köstlichen Fisch gegessen, gelacht und einen guten Falanghina getrunken, jetzt gingen wir mit den Schuhen in der Hand am Meer entlang, auf Zehenspitzen, um uns nicht an den spitzen Steinen zu verletzen. Es mag das schwache Mondlicht gewesen sein, das Wasser, das an die kleine Mole schlug, oder das hölzerne Boot, das bei jeder Welle mit einem gedämpften Sirren an seinem Anlegetau zerrte. Er drückte mich an sich, und ich spürte, wie stark sein Begehren geworden war, ein übermächtiges Verlangen, das sich nicht mehr beherrschen ließ. Wie viele Monate hatte ich auf ihn gewartet! Er küsste meine Beine, dann nahm er mich dort am Meer, stillte endlich meinen Durst, während ich mich krümmte in meiner verwirrenden Lust und dem schmerzenden Rücken, in den sich die Steine bohrten. Alles dauerte wenige Sekunden, dann schlief er mit seinem Gewicht auf mir ein. Dass Giorgio viel älter war als ich, gefiel meiner Familie nicht, seiner noch weniger. Mein Vater war ein müder, alter Mann, er hatte die Angewohnheit, andere für sich entscheiden zu lassen, Abkürzungen zu nehmen statt den Königsweg, und mit finsterem Blick immer dann Ja zu sagen, wenn er lieber Nein gesagt hätte. Von meiner Mutter erinnere ich nur die Augen einer sterbenden Frau, die verschwitzten, am Gesicht klebenden Haare, das weite weiße Nachthemd wie das Gewand einer Heiligen und die schwache Stimme, das Röcheln der Herzkranken. Als sie starb, war ich noch ein Kind. Papa sagte mir, dass es passiert war, und ich dachte: *Was vorbei ist, ist vorbei, ab morgen wird man nicht mehr leiden müssen.*

Als ich am nächsten Morgen erwachte, brannte

die Sonne heiß. Ich spürte eine Weite in der Brust und rannte noch im Nachthemd in den Garten. Ich erinnere mich, dass ich ein paar im Gras liegende Ahornblätter einsammelte und kleine Zweige von einem Busch abriss. Ich grub ein Loch, legte die Blätter und Zweige hinein und bedeckte sie mit Erde, ein kleiner Grabhügel wie in einem Spiel.

Als ich dann Giorgio kennenlernte, der so stark und entschlossen war, wurde er sofort zu meiner Wurzel, der einzigen, die ich je gehabt habe. An dem Tag, als er mich bat, ihn zu heiraten, war ich selig, fühlte mich wie der glücklichste Mensch auf Erden. Da ich seit Kurzem volljährig war, hatte er mich zum ersten Mal in den Urlaub an der ligurischen Küste mitgenommen. Wir saßen im Zug von Riomaggiore nach Corniglia, in den Waggons drängten sich Hunderte Touristen, standen im Gang, saßen auf dem Boden oder bei den Toiletten. Giorgio und ich hatten zwei Plätze vorne im ersten Waggon ergattert, vor uns ein großes Fenster, durch das wir freien Blick hatten, als säßen wir im Führerhaus des Zugs. Ringsum bis zum Horizont endlose Reihen bunter Häuschen in zarten Pfirsich- und Korallenfarben, zerklüftete Felsen und das Meer so klar, wie ich es noch nie gesehen hatte. Ich glaube nicht, dass Giorgio geplant hatte, mir ausgerechnet in diesem Zug einen Heiratsantrag zu machen. Er war ein präziser, pedantischer Mensch, der nichts dem Zufall überließ. Doch in diesem Moment, als wir über die Gleise rasten, die direkt am Rand steil abfallender Klippen entlangliefen, wo uns so schwindelig wurde, dass wir uns aneinanderklammerten, ließ sogar er sich von Rührung überwältigen. Wir mussten schnell heiraten, weil ich bereits ein Kind erwartete. Als Maria etwas mehr als ein Jahr alt war, wurde Giorgio an die italienische Botschaft in Rabat versetzt. Die Geburt des Mädchens veränderte ihn. Sein Blick wurde sanfter, seine Bewegungen weicher.

Nach den ersten drei Dienstjahren in der italienischen Botschaft wurde Giorgio Sonderbeauftragter bei der Delegation der Europäischen Union in Marokko. Für uns ein großes Glück, durch das wir dem Mädchen einen kontinuierlichen Schulbesuch bis zu ihrem neunten Lebensjahr sichern konnten. Wir lebten in einer leeren, kalten Villa. Drei Gästezimmer und vier Badezimmer, jedes in einer anderen Farbe. Das hellblaue Bad war das mit den Spiegeln, die einander reflektierten. Eines der Bilder, die sich mir am stärksten ins Gedächtnis geprägt haben, ist das von Maria, noch sehr klein, die ins Badezimmer geht und zu singen beginnt. In den Spiegeln sah sie unendlich viele kleine Marias um sich herum. Sie hätte den Spiegel mit einer Bürste zerschlagen und mit einer einzigen Geste all diese Marias durchbohren können, denn sie waren misslungene kleine Mädchen. Doch dieser Impuls verlor sich in den Windungen ihres Köpfchens, sie drehte die Bürste um und hielt sie am Griff wie ein Mikrofon. Ihre Stimme erfüllte das ganze Haus. Dann wusch sie sich das Gesicht mit Seife, rieb mehrmals energisch ihre dunklen Augen. Sie schlief in einem zu großen Zimmer mit weißen Wänden und einem Ehebett. Gesellschaft leisteten ihr nur die Tierbilder, die sie zusammen mit Großmutter Adele ausgeschnitten und an die Wände geklebt hatte.

Adele hatte ein unglaubliches Geschick im Umgang mit Maria, sie sprach mit ihr, ohne je ihren Unmut zu erregen, behandelte sie sanft, aber auch energisch, sie konnte Maria zum Lachen bringen, beruhigen, sie sogar manchmal zum Lernen motivieren. Maria hing sehr an ihrer Nonna, und wenn Adele nicht da war, stimmten die bunten Tierbildchen sie traurig. Ich erinnere mich, dass ich Maria einmal zu Karneval als Marienkäfer verkleidet hatte, sie lief mit ihren schwarzen Fühlern und dem gepunkteten Rücken durch die Straßen. Die Kinder starrten sie neugierig an. In Marokko war alles anders: Giorgio war ein sehr wichtiger Mann und Maria die kleine Königin unseres Viertels. Es gab dort Prinzessinnen, Kinder, die Arabisch und Berberisch sprachen. Maria sprach Französisch, ging zur Schule und war stets gut gekleidet. Wir wohnten nicht weit vom linken Ufer des Flusses Bou-Regreg. Wenn man ein bisschen aus der Stadt herausging, konnte man leicht einen Büffel oder einen Strauß von Nahem sehen. Oder einen Marienkäfer.

Es klingelt zu früh.

»Maria, auf dem Tisch stehen noch keine Gläser. Antonio ist da.«

»Ist er zu früh dran?«, schreit sie vom oberen Stockwerk herunter.

»Wir sind zu spät dran. Komm runter, los, hilf mir bitte.«

»Hilf dir selbst, ich kämme mich gerade.«

Ich decke den Tisch, werfe einen Blick in den Spiegel. Ich schwitze, die Schminke ist ein bisschen zerlaufen.

»Einen Moment! Maria, komm runter, Antonio ist da.«

»Ich habe dir doch gesagt, dass ich mich gerade kämme.«

Er begrüßt mich mit einem Kuss zwischen Mund und Kinn, sein Blick ist liebevoll und fröhlich. In einer Hand ein Blümchen – »eine Margerite?« – in der anderen eine Flasche.

»Die Blumenläden sind geschlossen. Die habe ich unterwegs gepflückt, gilt das als Geste?«

»Es gilt mindestens als ganzer Strauß.«

»Es ist eine kleine Gazania, eine Mittagsblume. Weißt du, warum sie so heißt?«

»Warum?«

»Weil ihre Blüte für Licht sehr empfänglich ist und sich schließt, sobald die Sonne untergeht.«

»Und die hast du einfach so unterwegs gefunden.«

»Auf einer Wiese.«

»Der Wiese von jemandem?«

»Von niemandem. Es ist eine immergrüne Pflanze, im Winter welkt sie, im Frühling erholt sie sich dann wieder. Aber diese hier ist gerade erst aufgeblüht, glaube ich. Schön, nicht?«

»Sehr.«

Er küsst mich auf den Wangenknochen.

»Wie erhitzt du bist, bin ich zu früh gekommen?« Mit dem Daumen malt er mir einen Mond aufs Gesicht.

»Nein, du bist auf die Minute pünktlich. Ich bin diejenige, die immer erst im letzten Moment aufwacht.«

»Es ist nie zu früh, was?«

»Es ist auch nie zu spät, je nachdem, wie man es betrachtet.«

Er nimmt mir die Blume aus der Hand, dabei kitzelt er mich spielerisch mit den Fingerspitzen.

»Für mich ist es nie zu früh, um anzukommen, und nie zu spät, um wegzugehen.«

Er war noch nie bei mir zu Hause, aber er bewegt sich unbefangen in der Küche. Öffnet die Türen der Anrichte, schüttelt den Kopf, »hm ... hier nicht«. Er sucht auf dem Regal über der Spüle und findet ein Glas, ein Whiskeyglas. Er füllt es zur Hälfte mit Wasser, steckt die gelbe Blume hinein und stellt es vors Fenster.

»Das hätten wir.«

»Da fällt nicht viel Sonne hin.«

»Besser so, vielleicht schlägt sie sogar Wurzeln, aber ich fürchte, diese Gazania hier ist zum Sterben verurteilt. Ich werde dir noch eine bringen, eine von diesen großen, bei denen du die Blütenstempel zählen kannst. Oder einen Topf, einen ganzen Blumentopf voller Gazanien.«

»Das würde mir gefallen.«

»Wo ist eigentlich Maria?«

»Maria, komm runter! Sie kämmt sich noch«, brumme ich, hoffe fast, dass sie nicht mehr auftaucht. Wenn sie schlechter Laune ist, wenn sie vorhat, mir den Tag zu verderben, soll sie lieber in ihrem Zimmer bleiben.

»Letzte Nacht hast du mir gefehlt«, flüstert Antonio. Er umschlingt meine Hüften, drückt sie mit den Händen. »Du hast mir wirklich gefehlt.«

»Ich kann nicht jede Nacht bei dir verbringen, das weißt du doch.«

»Ach was, deine Tochter freut sich bestimmt, wenn du öfter nachts nicht zu Hause bist.«

»Garantiert. Aber es ist nicht gesagt, dass es ihr guttut.«

»Sie wird doch auch einen Freund haben, oder?«

»Es ist kompliziert. Ich habe dir schon gesagt, dass sie ein schwieriges Kind ist.«

»Ist sie nicht ein bisschen groß, um *Kind* genannt zu werden?«, sagt Antonio in scherzhaftem Ton und kneift mir ins Ohrläppchen. »Sie ist dreizehn! Kommt sie nicht runter?«

»Sie wird schon noch kommen.«

»Wir setzen uns erst mal. Trinkst du Prosecco?«

»Was prickelt, sollte man nie ablehnen.«

Da kommt Maria auf uns zu. Sie ist hinreißend, ihre braunen Haare sind zu einem dicken Zopf gebunden, das geblümte Kleid schwingt bei jedem Schritt und entblößt ihre weißen Schenkel. Sie lächelt keck, schlägt die Beine übereinander und begrüßt unseren Gast höflich.

»Nun sieh mal einer an, was für ein junges Mädchen, und deine Mutter nennt dich noch *ein Kind*!«

»Endlich lernen wir uns kennen, Signor Antonio.«

»Ja, endlich, bis jetzt habe ich mir dich nur vorstellen können.«

»Und wie sah ich da aus?« Maria lacht, spielt eine Verlegenheit, die sie nicht kennt.

»Ungefähr so groß«, Antonio hält seine Hand in Hüfthöhe, »mit zwei Zöpfchen, die vom Kopf abstehen, und einem silbernen Zahnspangenlächeln. So eine Signorina habe ich wirklich nicht erwartet, erstaunlich, wie groß wir schon sind!«

Maria dreht sich lächelnd einmal um die eigene Achse, zeigt sich von vorn und von hinten, schlank wie eine Binse, doch ihre Rundungen sind aufgeblüht wie eine Blume, dort, wo sie schon eine Frau zu sein scheint.

»Ich hatte Sie mir auch vorgestellt. Mehr oder weniger so, wie Sie sind, vielleicht ein bisschen ernster und magerer. Ich hatte einen traurigen Mann erwartet, stattdessen ...!« Sie setzt sich wieder hin. »Reichst du mir die Bohnen, Mama?«

»Möchtest du auch ein bisschen Bauchspeck? Hier, nimm was vom Pecorino.«

»Der Frühling ist also doch noch nicht zu Ende«, sagt Antonio scherzend.

»Wissen Sie, Antonio, wenn Sie zwischen Mai und Juni in dieses Haus kommen, können Sie sicher sein, dass Sie Bohnen essen werden. Mama ist eine Expertin für Bohnen, längst nicht jeder kann die richtigen aussuchen. Heute Morgen zum Beispiel hat sie zu mir gesagt: ›Maria, geh ein Kilo Bohnen kaufen.‹ Aber dann, ich hatte mich schon angezogen und war schon fast aus der Tür: ›Ach nein, Maria, geh nicht, ich muss sie selbst sehen, um zu wissen, ob sie wirklich gut sind.‹ Und als ich denke, ›Meine Güte, Bohnen sind Bohnen‹, sagt sie: ›Na gut, geh, ich habe noch viel zu erledigen, aber nimm frische. Sieh dir die Schoten genau an, sie müssen prall sein und schön tiefgrün. Sonst schmecken sie nicht, dann muss ich sie enthülsen und jede einzelne Bohne säubern, du weißt, wie bitter sie sein können!‹ Also bin ich die Bohnen auf dem Markt kaufen gegangen, aber, lieber Antonio, da war ich dann erst recht durcheinander. Die Schoten waren alle gleich grün! Jetzt sagen Sie Mama bitte, dass sie gut schmecken, Sie glauben ja nicht, was für eine Standpauke sie mir sonst morgen hält!«

»Köstlich, diese Bohnen, wirklich exquisit!«

»Dann habe ich sie ja richtig ausgesucht.«

Wie gut es tut, sie so zu sehen! Sie versteckt ihre Traurigkeit nicht hinter einem schüchternen Lächeln, starrt nicht gelangweilt auf ihren Teller, sondern erfüllt den Raum mit offenen, strahlenden Blicken. Diese Maria bin ich nicht gewöhnt, ich wünschte, sie wäre immer so. Antonio bewundert sie entzückt, da bin ich sicher. Er wird denken: *Wie bezaubernd, diese Maria, wirklich ein schönes Mädchen, von wegen schwierig!* Und ich hatte befürchtet, sie würde sich bockig zwischen uns setzen, entschlossen, alles zu verderben, sie würde die Beherrschung verlieren, mich blamieren. Doch nein, alles andere als blamieren, es scheint wirklich, als hätten wir es nur ihr zu verdanken, dass hier jetzt gelacht und gescherzt und mit Genuss gegessen wird. Der Tisch ist elegant gedeckt, ich habe das Silberbesteck rausgeholt, denn wenn ich es nicht bei solchen Anlässen benutze, könnte ich ebenso gut keins haben.

»Du hast also viel Zeit fürs Kämmen gebraucht?«, neckt Antonio sie.

»Sie würden staunen, bis wohin meine Haare reichen, wenn ich sie offen tragen würde.«

»Sie sind wirklich lang.«

»Bis dahin, wo der Rücken aufhört. Und im Übrigen – sollte eine Frau nicht auf sich warten lassen?«

»Frag nicht mich. Meistens bin ich derjenige, der auf sich warten lässt.«

»Aber ausgerechnet heute haben Sie beschlossen, den anderen im Spiel voraus zu sein?«

Ich höre ihnen begeistert zu. Ist das wirklich meine Tochter? Sitzt hier, unterhält sich ungezwungen, sogar mit einer Spur Ironie. Sie, die nicht antwortet, wenn man mit ihr spricht, die sehr laut schreien kann, aber nicht einfach so über dies und das plaudern, aus Freude am Tischgespräch. Jetzt führt sie ganz entspannt eine Unterhaltung. Sie hat kluge Augen, ihre Lippen sind fein gezeichnet, das Gesicht strahlt, und sie bewegt die Hände so grazil, als wäre ihr plötzlich zu Bewusstsein gekommen, wie wohlgeformt ihr Körper ist.

»Ich möchte meinen schönen Damen ein wenig Wein kredenzen«, erklärt Antonio gut gelaunt, »ein ausgezeichneter Brunello aus Alinghi. Bei zwei so schönen Mädchen muss es ein guter Brunello sein.«

»Darf ich, Mama?«

»Ein bisschen, ausnahmsweise, nur dieses Mal.«

»Der ist wirklich gut, dieser Brunello.«

»Aus Alinghi, sagst du?«

»Er wächst auf den Hügeln von Castelnuovo dell'Abate. Ein schönes Plätzchen, zwischen dem Berg Amiata und dem Fluss Orcia. Gegenüber der Abtei Sant'Antonio.«

»Köstlich, ja, scheint wirklich ein guter Wein zu sein.«

»Ich verstehe nicht besonders viel von Weinen«, sagt Maria und lacht mit glänzenden Augen, »aber der schmeckt auch mir.«

»Wollen wir den Ball eröffnen?«, frage ich lächelnd und gehe in die Küche. Ich bleibe ein bisschen länger als nötig, ich will sie ein paar Minuten allein lassen, damit sie sich kennenlernen und sympathisch finden. Antonio und ich sind jetzt seit fast einem Jahr zusammen, aber er ist nie zu uns nach Hause gekommen. In meiner Lage hatte ich keine andere Wahl. Und was hat mich jetzt geritten? Er musste doch endlich einmal zu mir kommen, meine Tochter kennenlernen. Ich kann Maria schließlich nicht vor ihm verstecken, als wäre sie ein Monster. Und Maria ist heute so gelassen und fröhlich, dass ich glaube, ich habe mir umsonst so viele Sorgen gemacht.

»Bitte sehr, Fusilli mit Artischocken und Ziegenkäse.«

»Ah, fantastisch!«

»Ich möchte noch eine Portion.«

»Für mich reicht das, danke.«

»Vorhin sah es so aus, als würde ein Platzregen runterkommen, aber nein ...«

»Ein paar Tropfen, schon ist wieder Sommer.«

»Heute Morgen bin ich aus dem Haus, um ein bisschen spazieren zu gehen, eigentlich wollte ich in die Via del Piè di Marmo, aber ich bin schnurstracks wieder nach Hause zurück. Wie schwarz der Himmel war, kaum zu glauben. Und jetzt brennt die Sonne so heiß auf die Fenster, dass die Scheiben fast zerspringen.«

»Darum trage ich ja auch ein ärmelloses Kleid«, erklärt Maria, »aber ziehen Sie doch Ihren Pulli aus, Antonio, ich schwitze ja schon, wenn ich Sie nur sehe.«

Antonio zieht seinen dünnen Pullover aus, und Maria, entgegenkommend, wie ich sie noch nie erlebt habe, steht auf, um den Pullover auf die Rückenlehne des Sofas zu legen. Antonio löst seine Manschettenknöpfe und krempelt sich die Hemdsärmel bis zu den Ellenbogen auf. Der Anblick seiner gebräunten Unterarme mit den hervortretenden Adern macht mir Lust, mich neben ihn zu setzen, meinen Kopf auf seine Brust zu legen und mich von ihm umarmen zu lassen, was er sehr gut kann. Ich strecke die Beine unter dem Tisch aus, bis ich an seinen Fuß stoße. Er erwidert meine Berührung mit einem kleinen Tritt, blickt mich zärtlich an.

»Maria, habe ich dir eigentlich erzählt, dass Antonio malt? Du kannst dir nicht vorstellen, wie schön seine Bilder sind!«

»Ach ja? Was malen Sie denn?«

»Ich male, was mich inspiriert. Das hängt davon ab.«

»Ja, aber was denn, Stillleben, nackte Frauen, Landschaften?«

»Details von Rom und von dem, was es Ewiges gibt in unserer schönen Stadt.«

»Er hat eine Vorliebe für Brunnen. Brunnen jeder Art, von den kleinen an den Straßenecken bis zu den Riesenbrunnen.«

»Brunnen sind voller Poesie, finde ich. Vielleicht auch Flüsse, keine Ahnung. Es ist das fließende Wasser, Wasser, das fortträgt ...«, sagt Maria mit dem Gehabe eines Mädchens, das ein bisschen die Erwachsene spielt.

»Das reinigende Wasser, die Katharsis, genau.«

»Ja, solche Sachen.«

»Um auf uns zurückzukommen, die Pasta ist köstlich«, lobt Antonio mich lächelnd, wie immer.

»Ich weiß nicht, sie kommt mir etwas trockener vor als sonst. Ist sie gut, Maria?«

»Jaja, sie ist gut.«

»Gott sei Dank, dann hoffe ich, dass ihr einen Nachschlag nehmt.«

»Bei mir wäre es der zweite«, sagt Antonio, während er sich zum dritten Mal den Teller füllt. Als er sieht, dass unsere Gläser leer sind: »Möchtet ihr noch trinken? Ich gehe Wein holen.«

»Steht in der Küche, unter der Spüle.«

Er geht in die Küche, als wäre er bei sich zu Hause. Ich möchte seinen Rücken berühren, mein Gesicht darauflegen und ihn bitten, hier bei uns zu bleiben und unsere Probleme zu seinen zu machen.

»Darf ich einschenken?«

»Ja, ich danke Ihnen, aber nur wenig, mir dreht sich schon der Kopf.«

»Sag bitte Du zu mir, bei deinem Sie fühle ich mich wie ein alter Mann.«

Dabei sieht er so jung aus. Normalerweise wirkt er streng in seinen dunklen Anzügen, doch heute trägt er blaue Hosen und ein helles Hemd mit offenem Kragen, der Hals ist schlecht rasiert. Seine Gesichtszüge sind nicht gerade ebenmäßig, trotzdem ist er ein attraktiver Mann. Das Gesicht eckig, die Augen dunkel und aufrichtig, die Nase groß und der Mund geschwungen. Während ich die beiden reden höre, frage ich mich, ob ich nicht doch endlich wieder liebe, zum zweiten Mal in meinem Leben. Ich denke daran, wie Antonio frühmorgens an meine Seite rollt, noch schlafend, und wie er sich die

Augen mit meinen Haaren bedeckt, als störte ihn der dünne Streifen Licht, der durch die Fensterläden fällt. Ich streichle ihn und spüre seine Schlafwärme. Wenn Ängste mich nicht zur Ruhe kommen lassen, muss ich nur ein Bein ausstrecken, bis ich seinen Fuß berühre, dann geht es mir sofort besser. Wenn der Tag graut und ich in seinem Bett keinen Schlaf mehr finde, weil ich weiß, dass ich bald nach Hause zurückmuss, zu Maria (wehe, ich tue etwas, was sie irgendwie aus dem Gleichgewicht bringen könnte!), betrachte ich ihn verstohlen, weil mir der Gedanke peinlich ist, er könnte wach sein und mich bei romantischen Träumereien ertappen. Es scheint wirklich, als hätte ich durch Antonio meine Schüchternheit entdeckt, oder besser: wiederentdeckt. Wie ein junges Mädchen werde ich manchmal wider Willen rot, mein Gesicht glüht bis zu den Ohren, oder mich überläuft ein Schauder, einer von denen, die dir durch den ganzen Körper fahren, sodass die Härchen auf deinem Arm sich aufstellen, und das ohne besonderen Grund, bloß weil der Regen rauscht oder wegen des Mondscheins in der Nacht. Es passiert, dass ich früh am Morgen mit einem völlig grundlosen Schmerz in der Brust aufwache. Ich gehe auf den Balkon, und am blauen, feuchten Himmel weht eine laue Brise, die den Duft blühender Bäume mit sich trägt. Ich warte auf seinen Anruf, und mir wird klar, dass meine Stimmung allein davon abhängt, was er tut. Dann erschrecke ich und bin verwirrt – kann ich mir wirklich erlauben, keine Kontrolle mehr über mich zu haben? Mal fühle ich mich überschwemmt von dieser dummen, menschlichen Vertrauensseligkeit, andere Male habe ich ein vertrocknetes Herz, in dem nichts wächst. Antonio könnte nicht mehr anrufen, er könnte schon morgen nicht mehr bei mir sein.

Im Grunde ist er ein unkomplizierter Mensch, er liebt die Frauen, das Kino, das Meer im Winter. Er lächelt, aber mit zusammengekniffenen Lippen. Er scheint einer jener Männer zu sein, die durchaus den Mut haben, zu ihren guten Gefühlen zu stehen, aber wer weiß, ob er wirklich fähig ist, sich jemandem zugehörig zu fühlen. Er ist energisch, fantasiert gern über das Heute und Morgen. Seine mit leichtem Strich gemalten Aquarelle sind bewundernswert. Ich habe seine Ausstellung römischer Brunnen kuratiert, für ihn eine Vernissage in meiner kleinen Galerie in der Via Margutta organisiert. Eine der wenigen alten Freundinnen, von denen ich sagen kann, dass sie mir geblieben sind, brachte ihn eines Tages in meine Galerie.

»Das ist Trilussa, nur dass er sich mit dem Pinsel ausdrückt«, sagte sie lachend, als sie ihn mir vorstellte. Also zeigte er mir seine Brunnen – doch mit welcher Begeisterung!

»Die alten Römer entwickelten eine wahre Leidenschaft für die öffentliche Wasserversorgung«, erzählte er. »Sie bauten über zweitausend Brunnen, alle Straßen und Plätze sind voll davon. Dies hier zum Beispiel ist das Nymphäum der Licinier. Es wurde von einer Kuppel bedeckt, und das Wasser sprudelte aus den ringsum stehenden Statuen.« Er zeigte mehrmals auf den Druck. »Oder der Tritonenbrunnen, siehst du? Ein wunderschönes Achteck mit konkaven Seiten, wo das Wasser aus einer Muschelschale aufsteigt. Ist das nicht großartig?«

Ich beobachtete ihn, und es rührte mich, wie aufgeregt er vor dem Brunnen des Facchino wurde oder sogar vor einem der unzähligen kleinen Straßenbrunnen Roms. Erst nach einer Weile (erst als ich bereit war, ihm wirklich Aufmerksamkeit zu schenken) bemerkte ich, dass er mit einfachen Pinselstrichen in Pastellfarben die Wellen des Marmors in Bewegung versetzen konnte. Er malt, was er sieht, doch was er sieht, unterscheidet sich vom dem, was wirklich da ist. Sein Messing zum Beispiel ist von einem zarten, fleischigen Rosa wie der Körper einer Frau. Der Travertin ist neapelgelb mit verschwommenen Umrissen. Die großen Basrelief-Klinken scheinen bei jedem Windstoß zu flattern, und das Wasser, grün wie Chartreuse, quillt ängstlich aus den Hähnen. Während er noch sprach und von sich erzählte, wandte ich den Blick von den Gemälden ab und bewunderte seine sehnigen Hände, die langen Arme, die breiten, muskulösen Schultern. Ich sah mein Profil, das sich in einem Rahmen an der Wand spiegelte, und strich mir die Haare aus dem Gesicht.

Wann habe ich beim Anblick meines Spiegelbilds zum letzten Mal gedacht, dass ich schön bin?, fragte ich mich. Wie lange schon habe ich einem Mann keinen koketten Blick mehr zugeworfen und ihm meinen schlanken Hals gezeigt, die Haare mit einer raschen Handbewegung hinter die Ohren gesteckt und die Augen gesenkt, weil ich sicher bin, dass er mich noch immer ansieht? Nun tat ich es wieder, zum ersten Mal seit vielen Jahren.

»In einer Zeitschrift habe ich von einem psychologischen Experiment gelesen, bei dem Hunde in Käfige gesperrt und mit Stromstößen traktiert wurden«, erzählt Antonio gerade Maria und reißt mich aus meinen Gedanken.

»Die armen Tiere, warum?«, frage ich.

»Was für ein schreckliches Experiment!«, empört sich Maria und legt entsetzt die Hände an die Wangen.

»Wirklich schrecklich. Anfangs versuchten die armen Hunde verzweifelt, sich zu befreien, aber es gab keinen einzigen Fluchtweg, und sie fielen mit verkohltem Fell in die Mitte des Zwingers zurück. Nach kurzer Zeit jedoch änderte sich ihr Verhalten völlig: Sie wirkten resigniert, apathisch. Erst dann öffnete man ihnen einen Fluchtweg. Das große Tor des Käfigs stand sperrangelweit offen, wenige Meter nur, und sie wären draußen gewesen und hätten wieder über die Wiesen laufen können.«

»Ja, und weiter?«

»Trotzdem blieben sie untätig im Zwinger und ertrugen die Stromstöße. Sie hatten sich an ihre Lage gewöhnt und glaubten nicht mehr daran, dass sie an einem anderen Ort als diesem sein konnten. Es gab kein Besser oder Schlechter mehr, es gab nur das Hier und Jetzt. Was lehrt uns das über das menschliche Verhalten?«

»Unglaublich.«

»Wer trinkt noch etwas?«

»Ich fühle mich betrunken«, sagt Maria und legt ihm eine Hand auf die Schulter.

»Von so wenig schon betrunken? Dann musst du unbedingt ein bisschen trainieren.« Antonio gießt ihr Wein ein.

»Sie wollen wirklich, dass ich gleich der Länge nach auf den Fußboden stürze? Ich weiß nicht, ob Mama sich darüber freuen wird.«

Ich lächle amüsiert. »Vielleicht sollte Maria mit dem Wein aufhören. Aber ich trinke gerne noch einen Schluck.«

»Maria, du siezt mich immer noch?«

»Das kommt spontan, aber von jetzt an versuche ich, dich zu duzen.«

»Sonst fange ich an, dich Signorina Maria zu nennen, Signorina, was wünschen Sie? Wäre Ihnen das lieber? Und so weiter.«

»Das würde mir gar nicht schlecht gefallen.«

»Aber das Du ist besser.«

»Das Du ist komisch, man scheint schon befreundet zu sein«, sagt Maria und rückt mit dem Stuhl näher an ihn heran.

»Ja, sehr gut, so ist es viel besser. Auf Maria, die schon von einem Schluck betrunken wird.« Antonio prostet ihr freundlich mit erhobenem Glas zu, und als er sich wieder hinsetzt, streichelt er vertraut ihren nackten Arm. Dabei blinzelt er in meine Richtung, er ist glücklich.

Wie erfüllt ich mich fühle. Maria ist so beschwingt, ihre Wangen sind gerötet, sie ist das Trinken nicht gewohnt. Und wie Antonio strahlt, er hat sie auf sympathische Weise für sich eingenommen. Draußen der schöne Himmel, hell von weißem Licht. Die Geräusche von der Straße klingen fröhlicher als sonst. Heute lädt alles zur Freude ein.

»Wie läuft es denn in der Schule?«, fragt Antonio heiter.

Jetzt wird Maria mich ansehen, in meinen Augen nach der richtigen Antwort suchen. *Muss ich die Wahrheit sagen, oder hat Mama irgendeinen Quatsch erzählt, um sich interessant zu machen?,* wird sie denken, also wird sie, zwischen Unsicherheit und

Zorn schwankend, anfangen zu stottern, und dann wird sie, obwohl niemand etwas von ihr verlangt, obwohl niemand ernsthaft eine Antwort erwartet, denn diese Frage wurde nur gestellt, um unverbindlich zu plaudern, eine Show aus ihrer Traurigkeit machen, in Tränen ausbrechen und einen Stuhl umwerfen. »Gehen Sie zum Teufel, Signor Antonio! Verschwinden Sie, gehen Sie dahin, wo Sie hergekommen sind!« Dann wird sie in ihr Zimmer laufen und die Stimmung komplett ruinieren.

»Ich gehe nicht mehr zur Schule, ich bin dreizehn und gönne mir gerade eine Pause. Aber ich lese viel, wenn du wissen willst, wie ich meine Zeit verbringe«, sagt sie mit ruhiger Stimme und wirft ihm den munteren, fröhlichen Blick eines Menschen zu, der soeben stolz über sich gesprochen hat. Keine Spur von Unsicherheit in ihren Augen, keine Angst, keine Scham. Keine Sekunde lang hat sie ihren Blick abgewandt und mich Hilfe suchend angeschaut. »Die Wahrheit, sag einfach nur die Wahrheit«, hätte ich ihr zugeflüstert, um sie zu beruhigen. Ja, soll sie doch sagen, dass sie rein gar nichts tut. Sie lernt nicht, sie arbeitet nicht, und nur wenn sie zwischen dem Weinen und dem Schreien einen Moment Zeit findet, dann ja, dann liest sie. Aber die Bücher schaden ihr.

Hin und her schaukeln

»Das Flugzeug startet.«

»Das Fliegzeug startet«, wiederholt Maria.

»Das Flugzeug landet.«

»Das Fliegzeug landet.«

»Sehr gut, Maria.«

»Sehr gut, Maria.«

Der Papa schnallt ihr den Sicherheitsgurt um und gibt ihr einen liebevollen Klaps auf die Wange. Sie haben die Großeltern in Rom besucht. Maria signalisiert mit Gesten, dass sie nichts mehr hört.

»Halt dir die Nase zu und press Luft durch die Nase, schau, mach es so wie ich. Dann werden deine Ohren sofort frei«, sagt der Papa.

»Ja, aber vorsichtig, sonst bekommst du Kopfschmerzen«, ergänzt die Mama.

Auf dem Flughafen Rabat-Salé steigen sie aus. Es ist windig, der Papa schlägt ihren Jackenkragen hoch und streichelt dabei ihren Hals. Maria schiebt eine rosa Kinderkarre voller Firlefanz vor sich her.

Von Zeit zu Zeit liebkost sie das Plastikgesicht, das unter der Decke hervorschaut. »Schlaf!«, flüstert sie ihm zu. Im Einkaufsnetz an der Karre steckt das Fläschchen. Wenn die Puppe trinkt, macht sie danach Pipi, und ihr Po wird rot.

»Hast du gehört, wie gut sie das R ausspricht?«, fragt der Papa, beugt sich über seine Frau und küsst sie auf die Schläfe.

»Maria, zeig uns, wie gut du das R sagen kannst.«

»Ich bin mit der rosa Karre aus Rom zurückgekehrt. Ich bin mit der rosa Karre aus Rom zurückgekehrt. Ich bin mit der rosa Karre aus Rom zurückgekehrt.«

»Das hast du wirklich sehr gut gemacht!«

Maria stellt sich auf die Zehenspitzen und schließt die Augen, um sich umarmen zu lassen.

Sie steigen ins Grand Taxi.

»Wollen wir am Fischmarkt vorbeifahren und etwas zu Essen besorgen?«, fragt die Mama.

Die großen roten Zelte an den Ufern des Wadi Bou-Regreg fangen die Sonnenhitze auf. Die Mama steigt aus und kauft für wenige Dirham eine Tüte Tintenfische. Sie geht zur Bude mit den Sardinen und lässt sich drei Brötchen mit Fettfisch, Eiern, Auberginen und Kartoffeln zubereiten. Eine alte Berberfrau, den Kopf von einem orangen Schleier mit roten Stickereien bedeckt, sagt auf Französisch, dass sie schön ist, und bietet ihr eine in Zucker getauchte, fleischige Dattel an. »*Merci beaucoup*«, die Mama bedankt sich mit einem sanften Lächeln, wickelt die Dattel in ein Taschentuch und steckt sie sich in die Tasche. Ihre Schuhsohlen sind mit dem Schmutzwasser des Fischmarkts getränkt, als sie wieder ins Taxi steigt.

»*Au revoir, madame*«, sie winkt aus dem Fenster. In der Avenue Mohammed V. herrscht dichter Verkehr, Maria spielt mit den Schatten der Palmen auf dem Asphalt.

Wie jedes Mal, wenn sie heimkehren, riecht das Haus nach abgestandener Luft und Weihrauch.

»Ich mache die Fenster auf, dann wird gegessen«, ruft die Mama aus dem Flur. Maria ist auf Papas Arm und hat ihre Beine um seinen Bauch geschlungen.

Der Papa singt ein Liedchen. »*Au clair de la lune / Mon ami Pierrot / Prête-moi ta plume / Pour écrire un mot.*«

Mit einer Hand packt er ihre Fußfessel und drückt. Mit der anderen hält er den kleinen Oberkörper, bewegt ihn auf sich zu und von sich weg, sodass sie auf ihrem Pferd vor- und zurückschaukelt.

»*Ma chandelle est morte / Je n'ai plus de feu.*«

Er lässt die Hüften kreisen und drückt sie an den Schultern nach unten. Maria lächelt.

»*Le petit cheval monte et ça descend.*«

Seine rauen Hände auf ihren Strümpfen. Jetzt umfasst er ihren Rücken und drückt sie an seine Brust.

»*Ouvre-moi ta porte / Pour l'amour de Dieu*!«

Ein Lied wenigstens

Etwas oberhalb von Lerici auf einem Hügel steht der kleine Turm der Scipioni. Er stammt aus dem 12. Jahrhundert, ist mit grünen Kletterpflanzen bewachsen und von vielen Hektar Wald und Feldern umgeben. Giorgio und ich waren frisch verlobt, als wir in den Turm eingeladen wurden. Ruggero Carrara, ein Diplomat aus adeliger Familie, der von unserer Hochzeit erfahren hatte, lud uns ein, umgeben vom Zirpen der Grillen und dem starken Duft der Pinien ein paar ruhige Tage zu verbringen. Schon dort hätte ich das eigenartige Verhalten meines Mannes bemerken müssen, doch meine maßlose Liebe, die mich blind machte, die Trägheit des Glückszustands und meine totale Hingabe verwehrten mir den Blick auf das, was jetzt als präzise, klare Erinnerung zu mir zurückkehrt und mich zu der Schlussfolgerung zwingt, dass ich meine Tochter hätte retten können. Ruggero Carraras Frau Leopolda war eiskalt, ihre Augen grau, ihr Blick entschlossen, und sie maß einen Meter fünfundachtzig. Die Arme ist jung gestorben. Damals bat sie mich, sie auf die Felder zu begleiten, um Kräuter zu pflücken, mit denen wir das Fleisch würzen wollten. Sie strich mit den Spitzen ihrer mageren Hände über die Blätter des Salbeis und Lorbeers, sagte »zwei Büschel« und zeigte mir den Korb, den ich füllen sollte. Das tat sie auf eine so natürliche Weise, dass ich unmöglich ablehnen oder mich als ebenbürtige Freundin verhalten konnte. Sie war einer jener Menschen, die alles mit der geringsten Anstrengung erreichen, sie hielt sich ihr Gegenüber vom Leib und versetzte andere in eine bequeme Position der Unterlegenheit, in der sie nichts anderes tun konnten, als ihrer kühlen, entwaffnenden Freundlichkeit zu gehorchen. Ihre Füße waren lang und schmal wie die einer Ägypterin, sie trug hübsche Sandalen aus dunklem Leder und eine weiße Hose mit handgestickten kleinen Punkten in Orange. Ihre blonden Haare waren zu einem Bubikopf geschnitten und lagen steif von Haarlack auf der Stirn. Ruggero war ein gutmütiger Mann, ein Träumer. Er liebte gutes Essen und verschlang es gierig. Zu jedem Gericht öffnete er eine andere Sorte Wein, den er auf seinen Ländereien erzeugte. Ein ausgezeichneter Chianti, ein Brunello oder ein Nobile aus Montepulciano. Manchmal hielt er sich die Flasche unter die Nase und sagte: »Leopolda, meine Liebe, denkst du nicht auch, dass die

Bauern mich auf den Arm nehmen? Dieser Wein hat zu viel Tannin und einen ungewöhnlichen Nachgeschmack, der mich wirklich nicht überzeugt.«

Dann wandte Leopolda das Gesicht nach rechts oder links, ich begriff nie, welche Logik dahintersteckte, aber ich bin mir sicher, dass es eine gab. Wenn sie wirklich nervös wurde, klopfte sie mit ihren harten Fingerknöcheln auf den Tisch, kniff die Lippen zusammen, und ihre gläsernen Augen bekamen etwas Hexenhaftes. Die Carraras hatten eine reizende Tochter, Beatrice, doch alle, sogar wir, nannten sie Bibi. Bibi ging auf ein Internat in Frankreich und war nach Italien gekommen, um die Ferien mit ihren Eltern zu verbringen. Zwölf Jahre alt, lange rotblonde Haare, die ihr über den Rücken fielen, und eine perlweiße, mit winzigen, niedlichen Sommersprossen bedeckte Haut. Sie blieb stets sehr ruhig, wahrscheinlich hatte sie die Sprödigkeit ihrer Mutter geerbt, doch sie war auch so blass und weich mit ihren kleinen spitzen Brüsten und kindlichen Füßen, dass ihre Sturheit sehr sinnlich wirkte. Sinnlich, ein so kleines, unschuldiges Mädchen! Sie spielte nicht gerne und ging in den heißesten Stunden nicht in die Sonne, sondern legte sich erst am späten Nachmittag an den Rand des Pools, mit bloßem Oberkörper, ein Fuß im Wasser plätschernd. In unserem Gästezimmer standen ein kleines Bett aus

Holz, das an einer Seite knarrte, ein mit ockerfarbenem Samt bezogener Sessel und ein alter Sekretär aus Mahagoni. Unser Fenster ging direkt zum Pool hinaus. All das, die ländliche Gegend, die antiken Möbel, der Turm selbst und die Familie Carrara, trug dazu bei, dass man sich angenehm betäubt fühlte, wie losgelöst vom Alltagsleben.

Einmal fuhren wir morgens zur Bucht von Fiascherino zwischen Mezzana und Treggiano. Bibi saß in ihrem rosa Badeanzug voller Firlefanz und Strass etwas abseits im Schatten und beobachtete eine kleine Möwe, die krank zu sein schien oder einen gebrochenen Flügel hatte, denn statt zu fliegen, hüpfte sie am Strand hin und her und trank das Wasser, das aus den Duschen rann. Leopolda, die noch angekleidet war, rieb ihre Arme und Beine mit einer starken Sonnenschutzcreme ein.

»Es heißt, David Herbert Lawrence habe *The Rainbow* hier in Fiascherino entworfen.«

»Tatsächlich? Wunderschön, die Landschaft.«

»Ja, um das Jahr 1913 kam er mit Frieda hierher, sie wollten Sonne haben.«

»Nachher möchte ich Tellaro besichtigen, ich habe sehr viel Gutes darüber gehört.«

»Es ist auf jeden Fall eines der schönsten Seestädtchen Italiens, direkt am Golf von La Spezia, ein fantastischer Anblick. Auf dem Weg dorthin gibt es eine verfallene kleine Kirche direkt am Meer, wo oft

Konzerte mit klassischer Musik stattfinden. Zum Beispiel neulich, da waren fünf Musiker im Innenhof, der Himmel rosa vom Sonnenuntergang, dazu das raue Meer unten an den steilen Klippen, und man sah das Innere der Kirche mit den angestrahlten Fresken. Die Musiker haben ihre Klarinetten herausgeholt und mit dem ›Largo al factotum‹ von Rossini begonnen, gefolgt vom Präludium der *Traviata.*«

»Der göttliche Verdi.«

»Das ›Divertissement‹ von D'Antò haben sie wirklich meisterhaft gespielt, es ist wahrhaftig nicht leicht, das so sauber zu bringen, du kannst dir nicht vorstellen, welche Anmut darin lag, und den Abschluss bildete das ›Alma Llanera‹ von Gutiérrez. Also wenn heute Abend so etwas stattfände, das wäre eine Herrlichkeit, die ihr nie mehr vergessen würdet.«

Giorgio aber würde sich an etwas anderes erinnern. Er hörte mit halbem Ohr zu, rief mal ein »oh«, mal ein »wie wunderbar« aus, während er fortwährend auf der Suche nach Bibi den Hals verdrehte: Bibi mit den schlanken Beinen, Bibi mit dem hohen, runden Po, Bibis Badeanzug ist über der blassen Pobacke ein bisschen hochgerutscht, Bibi hat große, grüne Kinderaugen, und wenn sie über den Strand läuft, machen ihre kleinen Brüste flapp, flapp, schlagen gegeneinander, nass vom Meerwasser.

Merkt Bibi nicht, dass sie sich etwas anziehen muss? Merkt die Kleine nicht, dass ihre Brustwarze nass und hart wie ein Nagel ist, dass Männer dabei auf dumme Gedanken kommen könnten? Wie klein, wie rosa diese Brustwarze ist.

Nachdem wir Tellaro besichtigt hatten, fuhren wir am Abend in die kleine Ortschaft Giucano oben in den Bergen und aßen bei Emili, einer schlichten, aber sehr einladenden Trattoria. Beim Anblick der *Sgabei,* dieser weichen, frittierten Teigtaschen in Form eines Kissens, begannen Bibis Augen zu leuchten, und sie füllte ihre Teigtasche mit Schinken, Gorgonzola, Speck, karamellisierten Zwiebeln und Taggiasca-Oliven.

»Was ist das für ein Benehmen, Bibi? Etwas mehr Zurückhaltung beim Essen, *s'il vous plaît*«, mahnte die Mama, die sich für ihre gierige Tochter schämte. Ich wandte mich um, Giorgio war rot im Gesicht, er betrachtete Bibis feuchte Lippen, ihren vollen Mund, die spitzen Zähne, die zärtlich in jede Teigtasche bissen, ihre lächelnden, funkelnden Augen und die kleinen runden, öltriefenden Finger, die sie vielleicht gleich ablecken würde. *Wirst du auch mich ablecken, kleine Bibi?,* schien mein Mann verzweifelt fragen zu wollen. Am Tisch wurde gemeinsam gelacht und gescherzt, doch sein Blick war ernst, und seine Züge verhärteten sich, als er versuchte, einen übermächtigen Impuls zurückzudrängen. Heute ist mir das alles so klar, damals aber nahm ich unter dem Tisch seine Hand, blickte ihn ruhig an – *Alles in Ordnung, Liebling?* – und hielt sie fest. Er keuchte, warf mir einen gehetzten Blick zu und berührte mich zwischen den Beinen, wie peinlich!, wo er Schutz vor seinen Gedanken suchte. Dann mischte er sich wieder in unser Gespräch, machte ein paar witzige Bemerkungen, entspannte sich und trank viel Wein. Der Mond stand hoch, als wir zwischen dem Sägen der Grillen zum Turm zurückkehrten, und Giorgio schlief sofort ein.

Wir waren seit vier Tagen in Lerici, die Abreise war für den nächsten Morgen geplant. Am letzten Tag bedeckte der Himmel sich mit schwarzen Wolken, und um die Mittagszeit regnete es sintflutartig. Wir blieben alle auf dem Sofa sitzen und sprachen über dies und das.

»Schade, dass das Wetter so schlecht ist, wir hätten Krocket spielen können. Ich habe Bälle und Tore geschenkt bekommen, ich hätte es gerne dort hinten im Wald mit euch ausprobiert.«

»Möchtet ihr Tee? Ein Stück Wassermelone?«

»Tee nicht, danke, aber von der Melone nehme ich gerne.«

»Erzählt doch mal, ihr beiden, wie habt ihr euch eigentlich kennengelernt?«

»Im Grunde kennen wir uns seit eh und je. Aber wir haben uns erst vor vier Jahren verlobt.«

»Und jetzt heiratet ihr?«

»Jetzt haben wir es eilig.« Giorgio lächelte und drückte mich an sich. »Ich bin sehr viel älter als sie.«

»Das sieht man!«

»Sie war sechzehn und ich bereits berufstätig. Versteht sich, dass wir gewartet haben«, Giorgio nahm meine Hand und lächelte mich liebevoll an, »außerdem waren ihre Eltern nicht gerade erfreut über unsere Beziehung.«

»So ist es nicht, Giorgio. Sie haben immer anerkannt, dass du ein ernsthafter und gebildeter Mann bist, dass du Erfolg hast und sehr früh erreicht hast, was du erreichen wolltest.«

»Jaja, ich weiß, aber mit unserem Altersunterschied haben sie sich nie abfinden können.«

»Das stimmt.«

»Wie viele Jahre seid ihr denn auseinander, wenn ich nicht zu indiskret bin?«, fragte Leopolda, während sie auf ihre Fingernägel blickte.

»Neun Jahre.«

»Neun Jahre! Was ist das schon. Die Frau sollte doch jünger sein, oder?«

»Ja, es ist eben passiert. Wir haben uns das bestimmt nicht ausgesucht, aber wenn du dich verliebst, hält dich doch kein Alter zurück.«

In diesem Moment kam Bibi vorbei. Sie trug ein weißes Kleidchen mit einem Muster aus roten Äpfelchen. Wir alle drehten uns nach so viel Schönheit um, doch dann verschwand sie in der Küche, und wir setzten unsere Unterhaltung fort. »Man schickt mich nach Rabat, darum heiraten wir jetzt«, da erschien sie wieder, die Händchen voller Kekse und leicht auf den Zehenspitzen ihrer nackten Füße hüpfend, kehrte sie in ihr Zimmer zurück.

Später am Nachmittag kam die Sonne wieder hervor, und die kleinste Erinnerung an Wolken verschwand. Ruggero wollte Hilfe beim Aufbauen des Krocketspiels.

»Ist der Boden denn nicht zu nass?«

»Es gibt keinen Schlamm, die Sonne trocknet alles sofort, merkst du nicht, wie sie sticht?«

Im Schatten der Olivenbäume steckten die beiden Männer Tore in den Boden.

»Es ist ein bisschen wie Golf, der Ball muss auf seiner vorgeschriebenen Bahn durch die Tore hindurchrollen. Jeder hat einen Zug, aber wer den Ball unter dem Tor passieren lässt und einen Punkt bekommt, darf noch einmal schlagen. Beim Tor mit der blauen Querstange geht es los, das letzte Tor ist das mit der roten Querstange. Zuletzt muss man den Peg treffen«, erklärte Ruggero und zeigte auf den Zielpflock in der Mitte.

»Und wenn ein Ball einen anderen Ball trifft, folgt der Krocketschlag?«

»Genau, in dem Fall legst du deinen Ball neben den getroffenen Ball und schlägst so, dass der andere Ball durch deinen Ball bewegt wird, so ... siehst du?«

»Das wird schwierig auf einem so feuchten Boden.«

»Schwierig macht es mehr Spaß.«

»Dieses Spiel hat etwas von Golf und Billard.«

»Das stimmt, aber eigentlich leiten sich Golf und Billard davon ab.«

Die Partie dauerte etwa eine Stunde. Wir spielten und amüsierten uns, sogar Leopolda lachte zwischen zwei Schlägen, als sie versuchte, die Tore zu treffen, und dabei den Schläger unbeholfen durch die Luft schwang. Ruggero, der gewann, bot uns stolz einen ausgezeichneten Likörwein an.

»Lasst uns noch eine Partie spielen, Giorgio will sicher eine Revanche.«

»Um ehrlich zu sein, bin ich ziemlich müde. Warum forderst du nicht die Damen heraus, während ich mich ein bisschen ausruhe?«

»Lasst uns lieber in die Weinberge gehen, ich bin das Spielen schon leid«, erklärte Leopolda, nun wieder ganz spröde Zurückhaltung.

»Ja, du hast uns versprochen, dass du uns die Weinberge zeigst und wir dann einen Rundgang durch den Weinkeller machen«, rief ich aus, obwohl ich gerne noch ein wenig gespielt hätte, aber ich wollte Leopolda nicht widersprechen. Giorgio ging aufs Zimmer, und wir drei schlugen den Weg in die

Felder ein. Wir kamen am Pool vorbei, wo Bibi, den nackten Oberkörper ohne jedes Schamgefühl hebend, uns zuwinkte.

»Wie schön eure Bibi ist, sie wirkt schon wie eine Frau.«

»Sie ist doch noch ein Kind.«

»Zwölf Jahre! Was für ein schönes Alter!«

Ich stelle mir Bibi vor, die braun werden will und nur ganz kurz in den Pool taucht, um ihre wächserne Haut nicht zu gefährden. Ich stelle mir vor, wie Bibi mit den zur Muschel geformten Händen ein wenig Wasser aufnimmt und sich das Gesicht, den Hals und die Schultern benetzt, es über ihre Brust und den zarten, weichen Bauch rinnen lässt. Unter dem Badeanzug erahnt man ein Büschel heller Haare. Ihre Knie haben die weichen Rundungen von Kindergelenken, der Po ist rund wie ein Ball, die Beine schlank und beweglich.

Kurz darauf kehrten wir ins Haus zurück. Je tiefer es in die Weinberge hinabging, desto weicher war der Boden gewesen, und wir waren im Schlamm eingesunken. Wir säuberten unsere Schuhe im Hof, dann ging ich leise nach oben in unser Zimmer, überzeugt, dass ich meinen Mann schlafend vorfinden würde. Giorgio fuhr auf, als hätte ich ihn erschreckt, sah mich mit puterrotem Gesicht und schweißbedeckter Stirn an. Er hatte am Fenster gelehnt, die Hose offen, darin die Hand, um sich zu massieren. Er ließ mir nicht einmal genug Zeit, einzutreten, schon hatte er mich umschlungen, küsste mein ganzes Gesicht und den Hals, riss mir den Büstenhalter fast von der Brust. Dann (noch nie hatte ich ihn so leidenschaftlich erlebt!) drehte er mich um, drängte mich mit einer Hand auf meinem Kopf zum Sekretär, hob mit der anderen meinen Rock und schob die Unterhose zur Seite, als könnte er es nicht erwarten, dass ich sie selbst auszog. Es war ein kurz aufflammender und einsamer Ausbruch. Wie üblich hing ich an seinen Lippen, hoffte, er würde weitermachen, hoffte, er würde mich umdrehen, mir feurige Blicke zuwerfen und sagen: »Du bist so schön.« Als er auf meinem Rücken zusammenbrach, freute ich mich, dass mein Körper dieses plötzliche Aufwallen seiner Leidenschaft empfangen hatte. Vor dem Fenster der Pool mit dem hellsten Himmelblau, das ich je gesehen hatte, saphirblau in den schattigen Ecken, kristallklar, wo Lichtbündel durch das Wasser fielen, schiefergrau, wo die Myrte und der Johannisbrotbaum sich spiegelten, und da kam ein schlaues Füßchen aus dem Wasser, zwei klare, freche Augen blickten mich an, Bibi! Die schöne, kleine Bibi.

»Noch ein bisschen Wein für mein schönes Mädchen?«

»Warum nicht?«

»Und du? Trinkst du noch ein Glas mit uns?«

Ich nicke, und Antonio gießt zerstreut ein, füllt mein Glas bis zum Überlaufen.

»Oh, pardon.«

»Das macht nichts.« Ich trockne meine Seidenbluse mit der Serviette. Sie ist neu, cremeweiß und der Schnitt raffiniert. »Ich gehe sie lieber kurz auswaschen, ziehe mir was anderes an und bin gleich wieder bei euch.« Hinter der Tür des Esszimmers bleibe ich abrupt stehen. Maria sitzt da mit lässig übereinandergeschlagenen Beinen, das weiße Licht des Kronleuchters strahlt auf den goldenen Flaum ihrer jungen Haut.

»Als ich klein war, hatte ich einen schrecklichen Unfall, guck mal, was für ein schönes Andenken er mir zurückgelassen hat.« Sie schiebt einen Zipfel ihres Kleids hoch, bis dorthin, wo der weiße Schenkel breiter wird, um sich an der Leiste wieder zu verjüngen.

Antonio zuckt zusammen. »Armes Schätzchen! Wie ist das denn passiert?« Die schrille Stimme passt nicht zu ihm, doch es ist wohl nur der verlegene Tonfall eines Mannes, der einen nackten, frühreifen Körper gesehen hat. Die kleine Narbe, wie ein geschwungenes Komma, lässt sich kaum vom rosigen Fleisch meiner Tochter unterscheiden und ähnelt einem zarten Akzent, der auf die warme Vertiefung in Marias Körper hinweist.

»Es war in Marokko, auf dem großen Markt von Rabat. Ich war fasziniert von einem Bauern, der vier oder fünf lebende Hühner in der Hand hielt, die an den Beinen zusammengebunden waren. Die Menschen da unten sind eigenartig, alles machte großen Eindruck auf mich. Der Markt war voller Bettler, die ihre Arme nach mir ausstreckten und unaufhörlich dieses Geleier zu Ehren Allahs von sich gaben. Es waren Verkrüppelte und Kranke, alle mit Lumpen bekleidet, nur einer, den werde ich nie vergessen, war in blauen Samt gehüllt und erzählte den Passanten für ein paar Münzen arabische Geschichten. Dann tauchte ein Kamelverkäufer auf, er kam aus dem Markt in Settat und verkaufte ein Kamel für vierzigtausend Francs. Ich bin natürlich sofort zu den Kamelen hingerannt, wie du dir denken kannst, ich war ja ein Kind. Der Verkäufer kam auf mich zu und verlangte Geld dafür, dass ich mit seinen Kamelen spielte. Mama und Papa waren weit weg, vielleicht sahen sie sich Stoffe an oder die Körbe mit Früchten, sie bemerkten also nicht, wie der Mann, der wütend war, weil ich seine Kamele störte, mir einen Tritt direkt auf die Hüfte verpasste. Dann fing ein Kamel, vermutlich war es gereizt und erschrocken, auch noch an, mit den Beinen auszuschlagen, und hat mich hier getroffen«, sie zog das Kleid noch etwas höher, zeigte auf die Narbe und ließ ein Stück violettes Unterhöschen sehen. »Ja, genau hier. Es trat so fest zu, dass ich drei Meter weit durch die Luft flog und völlig verdreckt am Boden lag.«

Was macht Maria da? Was will sie mit dieser Geschichte (»Was für eine aufregende Geschichte!«, jubelt Antonio staunend) aus wenigen Erinnerungen und viel Fantasie erreichen? Lügnerin, möchte ich sagen, doch die Worte bleiben mir in der Kehle stecken. Welch eine Wut packt mich, schlagartig werde ich rot, mein Gesicht glüht, und ich vergesse die schöne Seidenbluse, die ich nicht vor dem Wein habe retten können. Maria sieht mich an und lächelt, ihr Blick ist friedlich. Antonio, der mir den Rücken zudreht und nicht weiß, dass ich entsetzt in der Tür stehen geblieben bin, streichelt das kindliche Bein. Sie zieht ihr Kleid wieder über die Knie, dann bricht sie in Gelächter aus.

»Und was amüsiert dich jetzt so? Eine schöne Geschichte, wirklich. Du erzählst wie eine eifrige Leserin.«

»Ja, ich kann gut erzählen. Ich könnte etwas völlig Verrücktes sagen und jeden davon überzeugen.«

»Das glaube ich dir sofort, Maria.«

»Ich könnte dich zu allem überreden, wenn ich wollte, und müsste mich nicht mal besonders anstrengen.«

Wenn es ein Kamel auf dem Markt gegeben hätte,

das ihr mit seinem Huf diese alberne Verletzung beigebracht hätte, ja, dann wäre es wirklich eine schöne Geschichte gewesen. Eines von diesen wunderbaren Märchen, die man Kindern viele Jahre später erzählt, teils als Ermahnung, »mach das niemals, hörst du? Kamele sind böse Tiere«, teils, um ihre Bewunderung zu wecken. Aber diese Geschichte handelt nicht von Feen, von silbrigen Gewässern oder Wiesen voller Kleeblätter, sondern von einem kleinen Mädchen, das seinen Kot zurückhielt. Es schrie, kratzte, zerstörte sein Spielzeug. Einmal hielt sie ihn so lange zurück, ich erinnere mich nicht mehr, ob eine oder zwei Wochen, dass wir sie ins Krankenhaus brachten. Maria war klein, sie biss mich und die anderen Kinder, die auf der Kinderstation herumliefen. Als ich sie fragte: »Warum willst du nicht auf die Toilette gehen?«, antwortete sie in drohendem Ton: »Du musst warten. Sie haben mir die Beine zusammengebunden, ich kann nichts mehr machen.« Dann fügte sie hinzu: »Die Krankenschwester will mich verletzen, sie will mir Sachen in den Po stecken.« Dort, an einem der endlos langen Tage im Krankenhaus, die mich verzweifeln ließen, brachte Maria sich in ihrer Wut selbst die Wunde bei, ihr Komma, ihren Akzent.

»Wollen wir ein bisschen Musik auflegen?«, schlägt Antonio vor.

Ich gehe um den Esstisch herum.

»Du hast dir nichts anderes angezogen?«, fragt Maria.

»Ach ja, wo hatte ich meinen Kopf? Ich bin nach drüben gegangen und habe vergessen, warum ich aufgestanden war. Aber ich habe das Vitello tonnato gebracht. Die Stereoanlage ist dort hinten, neben der Anrichte mit den Likören. Da sind auch ein paar Platten.«

»Nun, wollen mal sehen ... Leonard Cohen, Goran Bregović, ist das hier eine CD mit argentinischer Musik? Ah ja, lass uns ein bisschen Ella Fitzgerald hören.«

»Was für 'n Scheiß!«

»Maria!«

Sie sitzt jetzt ganz liederlich da, die bis eben gewahrte Eleganz der schönen Signorina ist verschwunden. Die Beine sind vulgär gespreizt, die langen Arme baumeln über den Armlehnen.

Antonio ist ein bisschen überdreht, er trällert: *»When I was a kid about half past three, / My ma said ›Daughter, come here to me' / Says things may come, and things may go / But this is one thing you ought to know ...‹«*

»Das kenne ich! Das ist schön!«

»You've learned your ABC's, / You've learned your DFG's, / But this is something you don't learn in school.«

»Ta-ta-ta, ta-ta.«

Maria steht auf und geht zu Antonio, erst jetzt bemerke ich, dass sie barfuß ist. Sie legt einen Arm um seinen Hals, macht ein paar leichte Schritte. Auf den Fingernägeln hellblaue, verblasste Nagellackreste. Er nimmt ihre Hand und lässt sie eine Drehung um die eigene Achse vollführen. Sie hopst ein paarmal, ihre Grazie verdankt sich allein der Jugend. Sie hat kein Gefühl für den Rhythmus, ihr Körper kann den Trillern der Fitzgerald, die ein sehr klares Timbre und einen Tonumfang von drei Oktaven hat, nicht folgen. Die Musik erzählt von der Sonne, von Ruhe, von Leichtigkeit und Fröhlichkeit, aber Maria bewegt sich, als hörte sie einen afrikanischen Stammestanz. Ihre Muskeln sind stark, die Beine zappelig, mit einer Hand hält sie sich an Antonios Nacken fest, die Finger in seinen Hals gekrallt. Er wirft mir von der Seite einen Blick zu, eine Sekunde nur, um zu sehen, ob ich zuschaue und sogar etwas denke.

»Das Vitello tonnato!«, schreie ich wütend. Maria beugt den Kopf nach hinten, ihre Haare sind so lang, dass sie fast über den Boden schleifen, während ihr starkes Becken mit der schmalen Taille sich perfekt an Antonios kräftigen Körper schmiegt.

»Ach komm schon, lass mich wenigstens ein Lied lang tanzen, nur ein Lied. Wenn ich schon mal tanze und die Musik in der Seele spüre«, spottet sie. Was denn für eine Seele, wo sie nicht einmal verstehen kann, wie lieb ich sie habe.

Sie schlingt ein Bein um Antonio und biegt den Rücken noch tiefer nach hinten, bis sie den Fußboden mit den Händen berühren kann, während sie sich mit dem Bein am Körper meines Freundes festhält.

»Komm, wir setzen uns wieder hin, Maria, tanzen können wir später noch mal«, sagt Antonio und zieht sie hoch, während er mir einen Blick zuwirft, als wollte er sagen: »Deine Tochter ist betrunken, nimm dir dies Benehmen nicht so zu Herzen.« Maria lässt sich bis zum Stuhl schleifen, ich fülle ihren Teller erst, nachdem ich unserem Gast aufgetan habe. Ein paar Minuten lang essen wir schweigend, man hört nur das ordinäre Geräusch des Bestecks, das schabt und gegen die Teller schlägt. Dann streckt Antonio seine Hand über dem Tisch aus und streicht mir über die Finger. »Erinnerst du dich an die Fitzgerald in Berlin, 1960, wenn ich nicht irre, als sie den Text von ›Mackie Messer‹ vergessen hatte und einfach etwas erfunden hat?«

»Was war das für eine fantastische Improvisation, so was macht Geschichte!«

»Wenn ein schlechter Sänger bei so einer Gelegenheit patzt, tja, dann wäre es das gewesen. Aber eine wie Ella, welch ein Genie!«

Maria gähnt, ohne sich die Hand vor den Mund zu halten. Ich unterdrücke einen Tadel, soll es dir doch selbst einfallen, dich wohlerzogener zu verhalten.

»Und ihre Imitation von Della Reese und Pearl Bailey?«

»Bill Bailey! Natürlich erinnere ich mich. Die Frau hat wirklich Humor.«

»Schmeckt dir das Vitello?«

»Nicht übel.«

»Die Soße ist ein bisschen zu flüssig, Mama.«

»Das wird die Hitze sein.«

»Ja, man fühlt sich fast wie im August mit diesem afrikanischen Wind.«

»Ach, Ella, eine der größten Stimmen aller Zeiten!«

Le vôtre est plus jolie

Wieder und wieder schreibt René das »m«, wie die Lehrerin gesagt hat, er füllt das Blatt, ohne über die dicken Striche zu malen. Die Linien seiner Schrift sind harmonisch und enden in Schnörkeln. Maria schaukelt auf einem Stuhl neben dem Jungen und beobachtet ihn. Er hat glatt herabfallende schwarze Haare, kleine Ohren und ein Muttermal auf der Nasenspitze. Seine Hände sind zart, die Ärmel des Hemds, das eine Nummer zu groß ist, sitzen locker auf dem Handgelenk. Sein Hals ist sonnengebräunt, und an beiden Seiten des Nackens hebt sich der braune Flaum ab. Maria beugt sich zu René hinüber und leckt ihn unter dem Kinn.

»Was machst du?«

Sie lächelt, wendet sich ab und fährt fort, ihre schönen runden »o« zu schreiben, deren Linien sie noch einmal nachzieht, wo eine winzige Ungenauigkeit entstanden ist. Um ihren Kreisen einen persönlichen Anstrich zu geben, fügt sie an der Spitze ein

Komma hinzu. Als René wieder auf sein Schreiben konzentriert ist, dreht sie sich abermals zu ihm und leckt über seinen Mund.

»Hör auf!«

Maria packt seinen Kopf mit beiden Händen und leckt die Lippen, die Wangen, die Ohren, bis er sich entwindet und mit der Faust auf das Pult schlägt. Maria fasst sich wieder, nimmt den Stift und schreibt weiter. »Entschuldigung«, sagt sie lächelnd.

Im Garten der Schule steht ein Johannisbrotbaum. Seine Wurzeln verzweigen sich über der Erde, dann versinken sie in Felsspalten. René ist am Stamm hochgeklettert, jetzt sitzt er zusammengekauert auf einem Ast und pfeift im Schatten der dichten Zweige. Maria springt mit hochgereckten Händen in die Luft, um die Karuben zu pflücken, die in Viererbüscheln herabhängen wie große schwarze Bohnen. Mit der Schote in der Hand setzt sie sich auf den Boden, schält sie und kaut die Samen mit dem süßlichen Geschmack, der ein bisschen an Schokolade erinnert. Sie hebt die Hand und reicht René zwei Karuben.

Er spuckt Maria von oben die Samen auf den Kopf, es ist ein Spiel. Sie schnaubt ungehalten, fährt sich durch die Haare.

Hinter dem Baum werfen sich ein paar Kinder einen blauen Stoffball zu.

Maria zeichnet mit einem Stöckchen längliche Zylinder, die Karuben gleichen, in den Sand.

René springt vom Baum und macht »Buh!« hinter Maria.

»Du erschreckst mich!«, schreit sie, während sie aufspringt, eine Hand auf der Brust.

René bohrt ihr einen Finger in die Wange, um sie zu ärgern. Dann umarmt er sie. Maria greift ihm zwischen die Beine.

»Was machst du da?«, fragt René erschrocken, aber sie zieht die Hand nicht zurück.

»Lass sehen«, sagt Maria, auf seinen Intimbereich zeigend.

»Du zuerst!«

Maria folgt der Aufforderung. Sie hebt das weiße Röckchen mit den Pfirsichblüten, darunter trägt sie ein baumwollenes Höschen mit Stickerei.

»Alles«, befiehlt René, der im Spiel jetzt das Kommando übernommen hat.

Schüchtern zieht Maria ihr Unterhöschen herunter, wenige Sekunden lang, dann zieht sie es sofort wieder hoch.

»Jetzt du.«

René knöpft seine Hose auf und lässt sie mit allem anderen fallen. Ein Löckchen aus Fleisch erscheint, nicht größer als ein kleiner Finger. Maria berührt es. »Das ist klein«, sagt sie lachend.

»Deins ist schöner.«

Ein seltsamer, aber ehrlicher Mann

Maria, die nach Thymian duftet, ist weiß wie warme Milch, Maria, die den Honig auflöst. In den braunen Augen ein feines moosgrünes Geflecht, die Nase kräuselt sich wie die eines Hasen. Maria kostet von der Welt, ist neugierig und hat keine Angst. Maria, die mir am ersten Schultag wie ein Mühlstein am Hals hängt, »geh an deinen Platz«, die Augen der ganzen Klasse auf sie gerichtet, »warum weint dieses Mädchen immer?«, Maria, die mich nicht gehen lässt. Als sie ein Winzling war, konnte ich sie nicht ansehen, ohne gerührt zu sein. Vor jedem Regen, vor jeder Biene hätte ich sie beschützt, sie, die seltenste Blume, vor jedem lieblosen Mann. Ich zitterte bei der Vorstellung, dass sie eines Tages die Hülle mit dem Schnabel aufbrechen und ungeschützt ins Freie kommen wird, so klein und wehrlos der bewaffneten Welt ausgeliefert. Maria, die erregt aufwacht und in mein Bett kommt. Mir sagt, dass sie von einem Mann und seinem schwarzen Hund geträumt hat, der verletzt ist, aus dem Maul blutet und seinen Herrn unverwandt anblickt. Sein Blick ist riesengroß, er trägt alles und ist unerträglich, weil er unschuldig ist. Der Mann geht auf ihn zu und versetzt ihm einen Tritt. Der Hund winselt leise, behält ihn treu im Blick. Die Luft riecht nach Mandeln. Der Mann steigt auf den Stuhl vor dem weit geöffneten Fenster, zieht die bordeauxrote Gardine zurück, er schwitzt, und dabei sagt er unanständige Dinge, zu eklig, um sie zu wiederholen. Der Tritt kommt, als er den Rücken zukehrt, er trifft den Stuhl, der schwankt, er lässt ihn mit seinem taubengrauen Morgenrock hinabstürzen, lässt ihn fliegen, ihn unten auf dem Bürgersteig sterben.

Maria, die neben mir geht, wirkt glücklich und versucht, das Eis aufzulecken, bevor die schmelzende Schokolade auf ihren Kragen tropft. Ihre Augen sind fröhlich, ihre Händchen rund. Sie ist es, Maria, mein kleines Mädchen. Was macht mein kleines Mädchen?

»Wäre es nicht besser, wenn du jetzt mit dem Trinken aufhörst?«, frage ich, leise flüsternd, damit es ihr nicht peinlich ist.

»Dann sollten wir alle aufhören, warum nur ich?«

»Lasst uns ins Wohnzimmer rübergehen, ich bringe den Nachtisch und den Spumante, oder möchtest du lieber einen Likörwein?« Ich wende mich freundlich an Antonio, doch eigentlich möchte ich mich nur noch hinlegen, die Fenster schließen und morgen früh weniger müde aufwachen.

»Bring beides, man weiß ja nie«, sagt er augenzwinkernd und wirft einen Blick auf das leere Glas. Wieder kniet er vor der Anlage, öffnet das Palisanderschränkchen und fährt mit dem Daumen über die Rückseiten der CDs. Maria beobachtet ihn ungeduldig, läuft geräuschvoll von einer Ecke des Wohnzimmers in die andere. »Hast du endlich was gefunden?«, fragt sie, mustert ihn mit bockigen Blicken. Dann geht sie zum Fenster, lehnt an die Scheibe, krümmt den Rücken, sie wirkt gelangweilt.

»Was hältst du von den Pooh?«

»Bäh, was Langweiligeres gibt's nicht.«

»Unsinn, ich bin sicher, du weißt nicht mal, von wem ich rede. *Sono un uomo strano ma sincero / cerca di spiegarlo a lei pensiero*«, singt er ein wenig verstimmt. Er dreht das Gesicht zu mir in den Flur, wo ich stehen geblieben bin, »*quella notte giù in città non c'ero / male non le ho fatto mai davvero, davvero*«, ich werde rot und habe den unangenehmen Eindruck, fehl am Platze zu sein. »Für dich ist auch was dabei, Maria Marea, die Flut. *Maria, la sirena regina selvaggia*«, trällert er jetzt in Richtung meiner Tochter, die eine freche, maliziöse Miene aufgesetzt hat.

»*Imbrogliona innocente, / Maria che sognava tutto e niente.* Ich kenne sie, findest du nicht auch?«

»*Ma è sempre meglio sognare troppo che non sognare / ed è meglio vivere un'ora che non essere mai nati*. Pooh also nicht?«

»Pooh nicht.«

»Vielleicht lieber die Beatles?«

»Jetzt musst du bloß noch die Queen vorschlagen, hast du denn kein bisschen Fantasie, Antonio?«, höhnt Maria und geht neben ihm in die Hocke, auf den Zehenspitzen balancierend. Ich sehe mein Spiegelbild in dem großen Silbertablett auf der Anrichte und komme mir vor wie ein Nichts. Während Maria zusammen mit Antonio eine CD aussucht, streicht sie über seine großen rauen Hände, er zieht sie schnell zurück, doch dann streckt er sie wieder aus.

Ich komme aus der Küche zurück, den schon in Viertel geteilten und noch lauwarmen Reiskuchen in der Hand, dann gieße ich einen Spumante von durchschnittlicher Qualität in die schmalen Kelchgläser.

»Was sagt ihr zu den Sex Pistols?«, fragt meine Tochter, die mir immer noch den Rücken zukehrt. Der Himmel draußen ist duftig, karmesinrot und voll zerfetzter Wolken.

»Einverstanden, du entscheidest. So, der Kuchen ist gekommen«, verkündet Antonio und setzt sich neben mich aufs Sofa. Er streichelt mein Knie, aber seine Berührung erscheint mir wie die eines Unbekannten. Er ist angeheitert vom Wein, »was ist los, möchtest du vielleicht einen Song aussuchen?«, aber ich habe keine Lust, Konversation zu machen. Ich möchte einfach nur hier sitzen, die Hände auf den Ohren, die Augen geschlossen. Maria sitzt uns gegenüber, sie ignoriert die Kuchengabel, reißt mit den Händen Reisbrocken ab und steckt sie sich in den Mund. Sie hat sich in den Sessel geflegelt, die Füße auf dem Kissen, die bloßen Beine gekreuzt.

»Köstlich, dieser kleine Reiskuchen, ist das ein marokkanisches Rezept oder von hier? Du bist eine fabelhafte Köchin.« Antonios Kompliment klingt distanziert.

»Von hier. Ein sehr einfaches Rezept.«

»Du hast sicher zwei volle Tage lang gekocht!«

»Was für eine Übertreibung, sie hat erst heute Morgen angefangen, als ich zum Markt gegangen bin.«

»Das stimmt, dafür braucht es wirklich keine wer weiß wie lange Vorbereitung. Offenbar bist du nicht besonders erfahren im Kochen.«

Ein violettes Dreieck blitzt mal unter Marias Rock vor, mal verschwindet es wieder. Als Antonio ihr noch eine Scheibe Kuchen reicht, fällt sein Blick zwischen ihre Beine.

»Hm, das ist mein Lieblingskuchen«, flötet sie mit einem zarten Stimmchen, stöhnt und leckt sich die Fingerspitzen wie ein gieriges Kätzchen. Sie bewegt die Knie im Rhythmus der Musik, schlägt sie zusammen und öffnet sie wieder. Zusammen, auseinander, und wieder zusammen und auseinander. Da ist das Dreieck aus Baumwolle! Ein bisschen aufgebauscht, weil es das Büschel dunkler Haare bedeckt, das sich darunter verbirgt.

»Setz dich anständig hin, Maria«, sage ich leise, so leise, dass man fast glauben könnte, ich wollte nicht gehört werden. Sie schnaubt, stellt die Füße auf den Teppich und blickt unwillkürlich Antonio an, um zu überprüfen, ob er sie beobachtet. Er senkt die Augen, streichelt meinen Handrücken und singt ein paar Töne, noch schräger als vorhin. Dann streicht er mir mit einer zärtlichen Geste die Haare vom Hals und küsst mich sanft aufs Ohrläppchen. Lächelnd sucht er in meinem Gesicht wenigstens einen Anflug von Heiterkeit. Unsere Wangen streifen sich, aber wir sind weit voneinander entfernt. Wenn ich daran denke, dass ich erst gestern Abend heiße Ohren am Telefon bekam, weil er mich nicht losließ.

»Sag mir, bist du noch angezogen oder schon im Schlafanzug?«

»Ich bin seit mindestens einer halben Stunde im Bett mit einem langen T-Shirt, wie immer.«

»Eins von meinen?«

»Ich glaube ja, meins ist es nicht.« Ich habe gekichert.

»Dann ist es bestimmt meins, wem soll es sonst gehören? Und deine Beine sind nackt?«

»Klar sind sie nackt und frieren auch ein bisschen«, habe ich mit einer gespielten Kinderstimme geantwortet.

»Hm, wenn du so was sagst, komm ich dich sofort holen.«

»Das kannst du nicht.«

»Ich klettere zum Fenster hoch.«

»Das ist zu.«

»Ich zerschlage es und komme in dein Bett, und wenn du mir Widerstand leistest, tu ich dir ein bisschen weh.«

»Ich sage jetzt Gute Nacht, sonst wacht Maria auf und schläft nicht wieder ein.«

»Leg nicht auf, lass uns noch ein bisschen reden.«

»Aber wir sehen uns doch morgen!«

»In zwölf Stunden, die durch Träume von deinem Körper und andauerndem Aufwachen in meinem kalten Bett unterbrochen werden«, sagte er mir gestern Nacht, und wie schön du bist, wie sanft du bist, wie sehr du mir fehlst, solche Sachen.

Maria steht auf, ihre Augen sind trübe, der Blick böse, und sie beginnt, sich in den Hüften zu wiegen, dabei lässt sie den Hals zur Seite, dann nach hinten fallen. Sie schaut mir direkt in die Augen, zeigt auf mich. »*Body! I'm not an animal / Mummy! I'm not an abortion*«, sie singt die unanständigen Texte der CD, die sie ausgesucht hat, und führt ihre erstaunliche stimmliche Bandbreite vor. Sie dreht sich einmal um sich selbst, ihr Gesichtsausdruck ist eindringlich und traurig, eine gute Schauspielerin, nun geht sie mit einer Spiralbewegung bis zum Boden in die Knie, dabei spielt sie mit der Beweglichkeit ihres Beckens, dann springt sie in die Luft wie eine Katze und kommt auf mich zu. Sie legt eine Hand auf meinen Kopf, zerzaust mir das Haar.

»Tanz doch auch mal, Mama!«, sagt sie jetzt lachend, lässt sich auf einen Stuhl fallen und hebt ein Bein, um den nackten Fuß baumeln zu lassen. Sofort steht sie wieder auf, macht einen Knicks vor Antonio und massiert ihm mit ihren schmalen, geschickten Händen die Schultern vom Hals bis zu den Achseln. »Tanz wenigstens du!«, sie kitzelt ihn. Antonio erstarrt augenblicklich und greift mit den Händen in das weiße Kissen, auf dem er sitzt. Warum entspannst du dich nicht, Antonio? Du benimmst dich, als säßest du in einem Motorboot, das urplötzlich stark beschleunigt, und du hättest Angst, vom Fahrtwind ins Meer geworfen zu werden. Warum lässt du nicht zu, dass das Mädchen dir unschuldig die Schultern massiert?

»Tu-ru-tu-tu-ru-ru«, macht Maria spöttisch, ergreift seine Hand und zieht heftig an ihm, die Füße gegen den Boden stemmend.

»Lass es, Maria, ich bin müde, und mir dreht sich der Kopf. Bring lieber deine Mutter zum Tanzen, die seit wer weiß wie lange stumm dasitzt.« Er sieht mich an, seine Augen sind verschleiert.

Maria stellt jetzt einen Fuß auf das Sofa, mitten zwischen Antonios Beine, und zieht weiter, »nur zwei, drei Sprünge, wie vorhin«, und während sie zieht, rutscht ihr Fuß immer weiter vor, bis er Antonio im Schritt berührt. Da packt er ihr Fußgelenk, die nackte, aprikosenfarbene Haut. »Jetzt reicht es wirklich, Maria!«, tadelt er sie mit ruhiger, fester Stimme, doch seinen Augen sieht man an, dass er mit sich selbst kämpft.

Obwohl dieser Tag endlos lang scheint, obwohl ich mir keinen Ausklang vorstellen kann und mir schwindelig ist, obwohl die Ereignisse um mich herum zu geschehen scheinen und gleichzeitig ganz und gar unwirklich sind, ich aber vor allem den Eindruck habe, dass auf alles Schlechte etwas noch Schlimmeres folgen kann, brauche ich jetzt eine glückliche Erinnerung, um mich daran festzuklammern. Und wenn sie nur für mich glücklich ist? Es fällt mir so schwer, zu glauben, dass ein und dasselbe Ereignis lustig oder tragisch, fröhlich oder brutal sein kann, weil sich derjenige, der es wahrnimmt, so fühlt. Ich kann nicht verstehen, wie Menschen, die unter demselben Dach und in gemeinsamen Gewohnheiten leben, denselben Augenblick des Lebens auf so unterschiedliche, manchmal sogar entgegengesetzte Weise erleben und empfinden können. Ich maße mir an, einen Tag zu finden, den wir alle drei, auch Giorgio, wenn er noch leben würde, als einen glücklichen Tag in Erinnerung haben.

An den Tagen des Eid al-Adha, des islamischen Opferfests, war Rabat immer menschenleer. Die Medina still, die Läden geschlossen. Allein durch die Gassen spazierend, lauschte ich dem Lachen der Kinder in den Häusern, wo gefeiert wurde, und mir schien, als raubte ich mir damit eine Vertrautheit, der ich nicht angehörte. Ich war und würde immer eine Fremde in Rabat sein. Die Wärme der Marokkaner, ihre feurigen Augen, ihre Blicke wie neugierige Brunnen genügten nicht, damit ich mich als Teil dieser Gemeinschaft fühlen konnte. Mein Alltag spielte sich im französischen kolonialen Schutzgebiet ab, der Ville Nouvelle, zwischen weiten, von Palmen gesäumten Alleen, hohen Häusern, Parks und Gärten. Manchmal ging ich zur Messe in die Kathedrale Saint-Pierre und plauderte ein wenig mit eleganten Damen, »entzückend, diese Mütze«, »die hat mir mein Mann aus Paris mitgebracht, diese einfache Baskenmütze kommt nie aus der Mode«. In die Altstadt ging ich nur, um einzukaufen und um den Preis für ein Paar Lederpantoffeln oder ein Korallenarmband zu feilschen. Ich hatte das Gefühl, im Suq nur als Käuferin existieren zu können. Während der religiösen Feste feierten die Marokkaner ihre Gemeinschaft, schlossen die Türen der Moschee und ihrer Häuser, und wir, die »Fremden«, mussten ein paar Tage aufgezwungene Stille hinnehmen. Eines Morgens Ende September, ich wartete gerade darauf, dass der Kaffee kochte, kam Giorgio strahlend nach Hause. Er fasste mich von hinten um die Taille und küsste mich sanft aufs Gesicht.

»Hey, wem oder was verdanke ich so ein *Guten Morgen*?«

»Zieh dir etwas an«, sagte er, meinen Hintern unter dem Nachthemd betastend, »ich nehme dich mit zum Fest des Hammels.«

»Wirklich?«

»Wir fahren zu Nabils Familie, das ist der junge Mann, der mich gebeten hat, ihm bei der Auswanderung nach Italien zu helfen, erinnerst du dich? Er hat eine junge Frau und sagt, seine Mutter kocht schon seit Tagen. Du wirst sehen, wir werden uns prächtig amüsieren«, und wieder küsste er mich.

Ich zog mir schnell eine Jeans und ein weites Hemd an, dann weckte ich Maria.

»Zieh dich an, beeil dich, wir fahren zusammen an einen sehr schönen Ort.«

»Wie schön?«

»So schön«, sagte ich mit ausgebreiteten Armen.

»So schön wie die ganze Welt?«, fragte sie aufgeregt und breitete die Arme so weit aus, dass sie sich hinter ihrem Rücken wieder berührten.

»Hört ihr? Das ist der Ruf des Imam«, sagte mein Mann, als wir aus dem Petit Taxi stiegen.

Nabil hatte sich vor der Moschee mit uns verabredet. Er wirkte jung für sein Alter, war schmächtig und knochig, seine Nase lang, und er hatte die lebhaften Augen eines Kindes.

»Guten Tag, wie schön, euch zu sehen«, begrüßte er uns, als er aus der Moschee heraustrat. »Wir sind alle glücklich, es sind Tage der Freude. Diese zehn Tage sind die Zeit der guten Taten. Allah liebt uns für unsere guten Taten.« Sein Französisch war voller Fehler.

Ein paar Männer gingen vorbei und gaben ihm die Hand.

»*Taqabbal-Allâhu minnâ wa minkum.*«

»Möge Allah eure und unsere rechtschaffenen Taten annehmen.«

»Das Gebet ist beendet, der Imam hat seine Predigt gehalten und das Opfer vollzogen. Jetzt bringe ich euch in mein Haus. Wir sind eine große Familie, ihr seid uns willkommen.«

Wir gingen neben ihm, und wenn Maria etwas nicht verstand, blieb er stehen und erklärte es ihr mit großer Geduld.

»Ibrahim tötete nicht seinen Sohn Ismael, sondern ein Tier. Der Imam hat das Opfer dargebracht, und jetzt wird jede Familie ihre vollkommene Unterwerfung unter Gott zeigen.«

Männer und Frauen in Festtagsgewändern strebten jetzt ihren Häusern zu.

»Es muss ein Ochse, ein Schaf oder ein Kamel sein. Ein Lamm oder eine Ziege genügen für einen Mann und seine Familie. Ein Kamel oder eine Kuh können als Opfer für sieben Familien gelten. Man darf kein krankes Tier nehmen, es muss gesund und erwachsen sein. Das Schaf muss mindestens sechs Monate alt sein, die Kuh zwei Jahre und das Kamel fünf.«

»Warum nicht krank? Das wäre doch besser«, meinte Maria.

»Weil man Allah sonst verspottet. Ein Opfer ist ein Opfer. Der Prophet sagt, vier Arten von Tieren sind nicht geeignet: das Tier, das blind ist oder nur ein gesundes Auge hat, das kranke Tier, das hinkende und das zu magere Tier.«

»Das gefällt mir nicht.«

Nabil nahm ihr das nicht übel, er lächelte und streichelte ihr über den Kopf.

»Dir gefällt das nicht, und mir gefällt etwas anderes nicht. Aber du gefällst mir, und ich gefalle dir. Darum akzeptierst du, dass ich etwas anderes tue als du.«

Maria fasste sich ans Kinn, wie immer, wenn sie nachdenklich wurde. Sie wollte immer alles verstehen und würde auch das verstehen.

»Ihr werdet meine schöne Frau Essaadia sehen.

Wir haben erst vor Kurzem geheiratet. Die Hochzeit hat mehrere Tage lang gedauert, und am ersten Tag hat sie dreimal ein anderes Kleid angezogen«, erzählte er mit feuchten Augen und einer ergreifenden Unschuld.

Wir kamen zu seinem Haus in der Nähe der Rue Souika. Zwischen weißen und hellblauen Mauern verbarg sich hinter einer schlichten Eingangstür aus Holz ein ungewöhnlich schöner Riad mit einem herrlichen Garten. Nabil stellte uns sofort seinen Vater Kamal vor.

»Mein Vater wird das Opfer vollziehen. Weil er es kann und weil er die *Tahāra* hat.«

»Was ist die *Tahāra*?«

»Die Reinheit des Körpers und der Gedanken, sie ist unbedingt nötig für das Ritual. Die *Hadath* dagegen ist die Unreinheit.«

»Wie wird man rein?«

»Um sich vom *Al-hadath al-asghar*, der kleineren Unreinheit zu reinigen, genügt es, das *Wudu* zu vollziehen. Man wäscht sich gründlich, indem man sich den Kopf abreibt, die Nase, den Mund, die Augen und Ohren sowie jede andere Körperöffnung, durch die die Sünde Eingang hätte finden können. Wenn die Unreinheit jedoch größer ist, spricht man vom *Hadath al-akbar*, und man muss den ganzen Körper sehr gründlich reinigen.«

Es war erst elf Uhr, die Sonne stand hoch am

Himmel und ließ das grüne Mosaik des kleinen Brunnens glitzern. Im Schatten eines Feigenbaums saß ein alter, weiß gekleideter Mann, in der einen Hand eine Kaffeetasse, aus der er nippte, mit der anderen hielt er seinen Stock fest. Nabil sah mich traurig an. »Der Mann dort«, sagte er, »ist der Vater meiner Frau Essaadia. Er hatte auch einen Sohn, Umar. Umar wiederum hatte einen Sohn, der die Freude unserer ganzen Familie war. Der Junge bekam einen Krebs im Gehirn, als er noch sehr klein war, er wurde fortwährend krank, erholte sich und erkrankte wieder, bis er es nicht mehr schaffte. Ein paar Monate nach der Beerdigung seines Enkels ging der Mann, den du dort siehst, seinen Sohn Umar besuchen. Als er ins Haus kam, bot sich ihm ein grauenvoller Anblick. Er musste die Stricke um Umars Hals und den seiner Frau lösen und das Gewicht der herabfallenden Körper spüren. Sie hatten sich aus Kummer um den Verlust ihres Kindes umgebracht. Doch der Alte ist noch hier, wegen Essaadia, er lebt und trinkt seinen Kaffee. Es war für uns alle sehr traurig, aber er hat die Augen eines Menschen, der nur noch dieses eine Bild vor sich sieht.«

Zwei lächelnde Frauen kamen in den Innenhof, ihr Kopf war bedeckt, ihr Blick demütig, sie begrüßten uns mit einer leichten Verbeugung und stellten Tabletts voller Speisen auf den Tisch.

»Dies ist das Frühstück, die Wartezeit bis zum

Mittagessen ist noch lang«, erklärte uns Nabil augenzwinkernd, offenbar imstande, mit kaum zu glaubender Unbefangenheit von einem Thema zum anderen zu wechseln. Es war, als ginge die Gastfreundschaft allem anderen vor, und als wären Dramen oder kleinere alltägliche Sorgen dazu da, erzählt zu werden, damit der Gast sich als Teil der Familie fühlte, mit Sicherheit aber nicht, um sie noch einmal zu durchleben. Wir aßen eine köstliche weiße Suppe auf Zwiebelbasis, Datteln und arabische Süßigkeiten, die nach Honig und Pistazien schmeckten. Als das Frühstück beendet war, entfernte sich Nabil und tauchte kurz darauf aus dem rückwärtigen Teil des Hofs wieder auf, in der Hand den Strick eines großen Schafs, dem das Fell geschoren war. Maria sprang kreischend vom Stuhl und lief auf das Schaf zu, um es zu streicheln.

»Nein, Maria!«, verbot der Vater im Befehlston.

»Besser, wenn sie es nicht lieb gewinnt«, sagte Nabil. Mir wurde bewusst, dass meine Tochter ein Schlachtopfer sehen würde, und ich fragte mich, ob wir das nicht lieber hätten vermeiden sollen.

»All unsere Kinder haben bei jedem Opferfest die Tötung des Tiers gesehen, und wir als Kinder auch. Wir sind normal herangewachsen. Das kann ein bisschen erschrecken, es kann sein, dass man sich die Augen mit der Hand zuhält, aber das passiert auch Erwachsenen.«

»Sie töten es nicht, oder?«, fragte Maria.

»Doch, Maria, darum ist es besser, wenn du es nicht streichelst.«

»Armes Schäfchen.«

»Du isst andauernd getötete Tiere«, entgegnete Giorgio.

»Vielleicht ist es besser, wenn wir dich nicht zusehen lassen, Maria, du musst nicht unbedingt dabei sein.«

»Ich will alles sehen.«

»Nein, besser nicht. Ich habe drüber nachgedacht, und es scheint mir völlig falsch, dass du zusiehst.«

»Wenn sie will, bleibt sie dabei«, bestimmte Giorgio kategorisch, »es gibt keinen Grund, warum ein Kind in ihrem Alter den Tod und das Opfer nicht kennenlernen sollte. Die Welt ist voller Blut. Wollen wir ihr beibringen, dass Heuchelei ihre Berechtigung haben könnte? Ich esse getötete Tiere, aber ich dulde nicht, dass ihr sie tötet?«

»Das ist richtig, sehr richtig«, sagte Nabil.

»Wir beschützen unsere Kinder zu sehr. Wenn wir Maria verwehren, den Kreislauf des Lebens kennenzulernen, nämlich dass Tiere einander seit Anbeginn der Welt töten und fressen, was für eine Erwachsene ziehen wir dann groß? Eine Frau, die, sobald sie entdeckt, dass es das Gute nicht ohne das Böse gibt, dass Schönheit und Hässlichkeit miteinander verschwistert sind, einen Nervenzusammenbruch erleidet und ihr Leben lang unfähig bleibt, die Risse des Lebens zu flicken?«

Nabil applaudierte, die anderen sprachen kaum Französisch und berieten sich, ob sie es richtig verstanden hatten. Ich begnügte mich mit einem Nicken, legte meine Hand auf Giorgios und sagte: »Du hast recht, Liebling, Maria darf entscheiden.«

Nabil half seinem Vater, das Schaf anzuheben und es mit den Beinen an einen Strick zu binden, der von einem eisernen Haken herabhing. Mich beschäftigte der Gedanke, dass der Alte an den Anblick seines erhängten Sohnes erinnert werden konnte. Vielleicht würde er sich im nächsten Moment mit einer unmenschlichen Wut in den Augen auf das Tier stürzen. Aber er saß ruhig auf seinem Stuhl und wohnte dem Schlachtopfer von Anfang bis Ende bei, ohne mit der Wimper zu zucken.

Das kopfüber hängende Schaf verdrehte den Hals, um sich umzusehen, und gab keinen Laut von sich.

»Im Namen Gottes! Gott ist der Größte«, rief Nabils Vater laut aus. Er schnitt dem Schäfchen ohne jede Vorankündigung die Kehle auf und drehte dessen Kopf in die entgegengesetzte Richtung zur Bewegung des Messers. Das Tier stieß einen Laut aus, der dem Wimmern eines Kindes glich, und das Blut sprudelte aus seiner Kehle wie aus einem prallvollen Sack. Das Schaf bewegte den Hals auf und ab, zappelte mit den Beinen. Dann streckte es die Zunge heraus und riss die Augen auf, bis sein Kopf schließlich ohne ein Lebenszeichen in der Luft baumelte. Ich hatte Marias Augen und meine bedeckt, aber zwischen den Fingern Raum gelassen, um die Hälfte zu sehen. Nabils Vater war von den Knien abwärts blutüberströmt und stand in einer roten, noch warmen Lache. Nun folgte Applaus, die Familienmitglieder umarmten einander und tauschten Glückwünsche aus. Der Kadaver wurde auf einen langen Holztisch gelegt, und die drei Männer begannen, das Tier zu zerschneiden. Die Leber und das Herz wurden sofort beiseitegelegt, dann wurde das Schaf in drei gleich große Teile geschnitten.

»Ein Stück werden wir den Armen geben, ein Stück bewahren wir auf, um es mit Freunden zu teilen, und das dritte Stück ist für uns.«

Nach etwa anderthalb Stunden war der Tisch abgeräumt und das Schaf in fein geschnittene oder im Kühlschrank zurückgelegte Fleischstücke zerteilt.

»Und Wir lösten ihn aus durch ein großes Schlachtopfer, und bewahrten sein Ansehen unter den nachfolgenden Generationen. Friede sei über Ibrahim! So belohnen Wir die Rechtschaffenen. Er gehörte gewiss zu Unseren gläubigen Dienern. Und Wir kündeten ihm Isaak an, einen Propheten unter den Rechtschaffenen. Und Wir segneten ihn und Isaak. Unter ihrer beider Nachkommen sind solche, die Gutes tun, und solche, die gegen sich selbst sündigen«, beteten sie, und Nabil übersetzte für uns.

Erst gegen drei Uhr konnten wir zu Mittag essen. Giorgio bot seine Hilfe an und beschäftigte sich damit, das Feuer über dem Grill anzufachen. Wir aßen arabisches Brot mit Leber und ein paar Stückchen gebratenes Fleisch. Wir akzeptierten das Opfer als Teil der Zeremonie, die uns nicht übermäßig erschüttert hatte. Die Atmosphäre war festlich, und wir hatten das Gefühl, völlig eingetaucht zu sein in eine andere Welt, die uns vorbehaltlos ihre Türen geöffnet hatte und die erfahren werden wollte, aber keinesfalls beurteilt. Was in diesem Riad geschah, hatte den Anschein eines Märchens, bei dem wir nicht einfach Zuhörer waren, sondern beteiligte Figuren, der Fuchs und die Trauben, der Wolf und das Lamm. Am Nachmittag kamen Frauen, die Körbe mit Datteln und Feigen brachten und Kleider von ungeahnter Schönheit trugen. Eine von ihnen, hochgewachsen und schlank wie eine Binse, trug ein langes Kleid, dessen silberner Taft und weiße Spitze ein aufregendes Farbenspiel erzeugten. Eine andere, kleinere, war in ein helles Rot gekleidet, die Schultern bedeckte ein Schal mit roten und blauen Karos, und ihren Kopf krönte ein Reif mit Ketten aus laminierten, goldfarbenen Münzen, die ihr bis auf die Schultern fielen. Die Hände der Frauen waren nach der Mehndi-Technik mit Henna bemalt, und eine von ihnen zeichnete mit Henna komplizierte Blumenkompositionen auf Marias Arme. Erst bereitete sie die Mischung aus Farbpuder und schwarzem Tee zu, dann formte sie ein Stück Papier zu einem Kegel und schuf mit sicherer Hand bezaubernde Muster. Als die Sonne sank, halfen die Frauen sich gegenseitig in der Küche. Ich blieb bei ihnen, um mir die Zubereitung des Couscous anzusehen. Eine schnitt die Zucchini, die andere Karotten oder Kartoffeln. In die goldbraun gebratenen Zwiebeln gaben sie Kichererbsen, die eine Nacht lang aufgequollen waren, Wasser und sehr wohlriechenden Safran. Dann wurde Hirse enthülst und mit dem Gemüse vermischt. In der Zwischenzeit schnitten sie das vom Mittag übrig gebliebene Fleisch, dünsteten es und mischten es unter das Couscous, das in einer großen, handbemalten *tajine* serviert wurde. Neue Gäste waren gekommen, Freunde und Verwandte aus Nabils Familie. Sie unterhielten sich auf Arabisch, und wir drei setzten uns an eine Ecke des Tischs. Marias Neugier war noch gestiegen, unablässig stellte sie ihrem Vater Fragen.

»Islam bedeutet ›Unterwerfung‹ und kommt von einem Wort, das ›Frieden‹ bedeutet. Vollkommene Unterwerfung unter Gottes Willen.«

»Vollkommene Unterwerfung unter Gottes Willen«, wiederholte sie gedankenverloren.

Müde, fröhlich und einträchtig kehrten wir nach

Hause zurück. In dieser Nacht drückte Giorgio mich an sich und flüsterte mir mit aufgewühlten Blicken zu: »Du bist der wichtigste Teil meines Lebens. Wenn ich manchmal kühl bin oder unfreundlich, liegt es daran, dass du unverzichtbar für mich bist, und das macht mir Angst. Ich versuche, dich auf Abstand zu halten, doch je mehr ich die Distanz zu dir vergrößere, desto näher bist du mir, und deine große Liebe zu mir ist ein Band, das sich nicht löst.« Er sprach immer nur von meiner Liebe und nie von seiner, doch wenn ich ihn genau betrachtete, schien mir seine Zuneigung sehr stark zu sein. In gewisser Weise hing auch er von mir ab, wenn er sich, groß, wie er war, wie ein Kind an meiner Seite zusammenrollte, um sich den Kopf streicheln und jeden Zentimeter seines Gesichts küssen zu lassen. Ich bat ihn, sich keine Sorgen zu machen, denn ich sei an seiner Seite und würde nie aufhören, ihn zu unterstützen.

»Auch dann nicht, wenn ich etwas Schreckliches tue?«, fragte er, und ich empfand eine ungeheure Zärtlichkeit für ihn.

»Ich werde immer da sein, vom Anfang bis zum Ende, und wenn wir einen Weg einschlagen, gehen wir ihn zusammen.«

»Gib mir einen Kuss, gib mir noch einen.«

Wir liebten uns mit einer Intensität, die wir vergessen hatten. Und draußen schien ein Mond, wie ich ihn nie wieder gesehen habe. Der Himmel aus

Zink, die stille Stadt und das leise Schnarchen unseres Kindes hinter der Wand machten die Nacht heiter.

»Schläfst du, Mama? Ja, Antonio, sie ist wirklich eingeschlafen.«

»Das liegt wohl am Wein.«

»Am Wein? Mich macht er nicht müde, ich könnte durch die Luft springen wie eine Heuschrecke.«

»Auf uns alte Leutchen hat er diese Wirkung, Maria.«

Ich höre sie im Halbschlaf reden. Möchte protestieren: »Wer ist hier alt? Gestern hast du noch gesagt: ›Ah, was hast du für schöne Beine, ah, was für eine seidige Mädchenhaut‹«, doch ich habe nicht die Kraft, die Augen zu öffnen. Ich weiß, dass er es nicht böse gemeint hat, es ist ihm rausgerutscht, und außerdem sind wir im Vergleich zu Maria mit ihrer atemberaubenden Jugend wirklich alte Leutchen. Dieser Tag war lang, und ich fühle, dass er jetzt enden könnte.

»Ich langweile mich, lass dir was einfallen, Antonio.«

»Wenn du mir Papier und einen gut gespitzten Bleistift bringst, mache ich ein Porträt von dir.«

»Super!« Ich höre Maria mit einem Rascheln davoneilen, höre undeutlich, wie sie zurückkommt.

»Ein Porträt von einem richtigen Maler!«

»Genau. Das Kinn etwas senken, bitte.«

»Soll ich meine Schulter frei machen?«

»Ja, mach die Schulter etwas frei.«

»So?«

»Du bist schön.«

Ich denke an einen Nachmittag an der Plage de Rabat zurück, doch vielleicht träume ich. Wir waren zu dritt, Giorgio, Maria und ich, und lagen in der Junisonne, direkt unter den Befestigungsanlagen der Medina. Ein paar Jungen vergnügten sich mit einem Ball im eiskalten Wasser des Atlantiks. Ich bewunderte die jungen Leute der Surfschule, die sich im Wellenreiten übten. Wie üblich war der Badeplatz schmutzig und verwahrlost, in unserer Nähe besudelten Papierfetzen und Flaschen einen Strand, der ein traumhafter Ort hätte sein können. Neben uns lagerte eine Familie. Giorgio begrüßte den Mann mit einem schüchternen Nicken, seine Frau sagte »*Bonsoir*«, ohne den Blick von ihrer Zeitung zu heben. Das Töchterchen des Diplomaten spielte mit Mamas Sonnenbrille und zwei kleinen Perlenohrringen die große Dame. Sie mochte etwa fünf Jahre alt sein, wie ihr kleiner Zwillingsbruder, der sie vom Wasser aus zu sich rief.

»*Viens, Marguerite, viens ici! Regarde ce que j'ai trouvé*!«, schrie er glücklich, eine Muschel in der Hand.

Das Mädchen spähte unter der mütterlichen Brille nach dem Bruder, schüttelte den Kopf und gab die beschäftigte Mutter zum Besten: *»Je ne peux pas, petit, je suis très occupée.«*

»Marguerite, viens, viens ici!«

»Douce, je ne peux pas, je suis desolée.«

Maria saß eingeschüchtert neben mir, sie beobachtete das Mädchen.

»Möchtest du ins Wasser, Maria?«

Sie schüttelte den Kopf.

»Möchtest du mit dem Mädchen dort drüben unter ihrem Sonnenschirm spielen?«

»Nein!«

»Ich bin sicher, sie würde sich freuen. Soll ich sie fragen, ob ihr ein bisschen zusammen spielen könnt?«

»Nein!«, sagte Maria wütend, aber im Flüsterton.

Unterdessen knetete das andere Mädchen den Sand mit den Händen und baute daraus kleine Hügel, die sie »*château*« nannte. Dazu sang sie leise ein französisches Liedchen. *»Sur le pont d'Avignon / L'on y danse, l'on y danse, / Sur le pont d'Avignon / L'on y danse tous en rond.«* Ein zartes Stimmchen wie das einer Fee, die Beinchen lang und schlank, die Fesseln schmal, mit hübschen Knöcheln.

Es waren Sonntage, die wir noch gerne gemeinsam verbrachten.

Giorgio las ein kleines Buch, *Die Kunst, recht zu behalten,* und erklärte mir einen der darin aufgeführten Kunstgriffe: »Es gibt Situationen, in denen das Argument, das der Gegner zu seinem Vorteil nutzen will, besser dazu taugt, gegen ihn verwandt zu werden. Man spricht in dem Fall von *retorsio argumenti*. Schopenhauer bringt folgendes Beispiel: Wenn der Gegner sagt: ›Es ist ein Kind man muss ihm was zugutehalten‹, dann kann man ihm entgegnen: ›Eben weil es ein Kind ist, muss man es züchtigen, damit es nicht verhärte in seinen bösen Angewohnheiten.‹«

Ich betrachtete die Wellen, die sich wunderschön an den Klippen des Leuchtturms brachen. Maria war schweigsam, sie bedeckte meine Füße mit Sand und zog am Band meines Badeanzugs, um meine Aufmerksamkeit zu wecken. Hinter ihrem Profil ragten mit den klaren Linien einer Zeichnung die mächtigen Mauern der Kasbah des Oudaïas auf.

Giorgio schien besonders zufrieden an diesem Tag Er war entspannt, seine Schultern unverkrampft und weich, die Haut sonnenwarm und die kupferfarbenen Haare noch ein wenig heller.

»Du hast etwas zugenommen.«

»Findest du? Das wird der Grappa abends sein«, sagte er lachend, »aber du hast dir auch ein Bäuchlein zugelegt«, er warf sich auf mich und kniff mir unterhalb des Nabels fest in den Bauch. Er kitzelte mich, »du bist ja schneeweiß, ein kleiner Käse!«, und ich versuchte lachend, mich zu entwinden.

»Hör auf, Giorgio, lass das, ich kriege keine Luft mehr vor Lachen!«

»Maria, hilf mir, die Mama totzukitzeln!«

»Genug, hört auf, ich bitte euch, alle gucken schon«, versuchte ich unter Lachtränen zu argumentieren.

Wir spazierten am Strand entlang, die Beine in den Wellen, »weil das guttut«, und aßen ein Eis in einem der kleinen Lokale am Ufer.

Langsam wurde es dämmrig, und an den Strand kam eine Gruppe junger Musiker, die, was häufig geschah, die ganze Nacht lang spielen würden.

Auf dem Heimweg war Maria still und beschäftigte sich mit ihren Fingern, müde vom Tag am Meer. Giorgio fuhr und trällerte gedankenversunken ein französisches Liedchen. *»Sur le pont d'Avignon / L'on y danse, l'on y danse, / Sur le pont d'Avignon / L'on y danse tous en rond.«*

Wie Zauberei

Die Medina ruht, mitsamt ihrer Gerüche, den leuchtenden Farben der Stoffe und Gewürze, die tagsüber Puderberge auf Kupfertabletts sind. Die Läden sind geschlossen, die Berberfrau gestikuliert nicht mit Spieglein und Schellen, um die Touristen anzulocken. Gewöhnlich sitzt vormittags ein Mann mit langem Bart auf einem Schemel am Stand mit dem Obst und Gemüse und ruft, seine Sträuße mit Petersilie in der Hand wedelnd. Doch die hellblauen Holztore sind verschlossen, niemand feiert. Die Kasbah mit ihren spärlichen Lichtern liegt stiller denn je auf dem Felssporn. Am Ozean zieht sich die Umfriedungsmauer entlang, und hier beginnt die Straße, die zur ältesten Moschee von Rabat führt, der Jamaa al Atiq. Am zwölften Tag des Mondmonats *Rabīʿal-awwal* wird in Rabat Weihnachten im Namen Mohammeds gefeiert, doch das ist nicht heute. Anders sieht es in der Ville Nouvelle aus, wo viele Häuser hell erleuchtet sind. Die Alleen sind breit und luftig, die Blätter eines Baums werfen schwarze Schatten auf das Fenster, und um Mitternacht sitzt man noch immer am Tisch beim Austauschen von Geschenken. Maria wickelt ein Paket aus und holt einen kleinen Schrein hervor, der sich wie eine Muschel öffnet und ein Miniaturhaus mit winzigen, bis ins Detail ausgearbeiteten Püppchen enthält. »Das Haus von Polly Pocket!« Im zweiten Paket sind drei fliegende Tänzerinnen, alle winkeln ein Bein an das andere, als drehten sie gerade eine Pirouette. Die Kleider sind mit Giraffen, Blumen und Schmetterlingen bemalt. Maria springt auf dem Teppich herum, sie ist glücklich, zieht an der Schnur. Eine Tänzerin öffnet ihre Flügel und beginnt, mit ihrem rosa Tüllröckchen in der Luft um sich selbst zu kreisen. Es ist wie Zauberei. Maria staunt und möchte, dass sie wieder und wieder fliegt. Adele beobachtet sie liebevoll, sie hat gar keine Lust, wieder zurück nach Rom zu fliegen.

»Wie geht es ihr?«, fragt sie Silvia, die ihre neue Kette aus Saphirsteinen begutachtet.

»Es geht ihr gut, findest du nicht?«

»In dieser fröhlichen Stimmung kann ich das schlecht beurteilen, meine Liebe. Wie benimmt sie sich in der Schule?«

»Sie ist tüchtig, die Beste von allen. Die Lehrerin hat mich nur einmal einbestellt.«

»Weswegen?«, fragt Nonna Adele und umklammert den Daumen mit der Faust, eine Geste, die sie macht, wenn sie besorgt ist.

»Sie sagt, Maria hat einen Jungen geärgert.«

»Geärgert?«

»Geärgert. Mir scheint das übertrieben, sie wird ihm hier und da einen Nasenstüber verpasst haben oder irgendeine etwas rauere Liebkosung. Aber sie weiß nichts davon, es ist eben passiert, sie ist doch nur ein Kind.«

»Kann sein, dass es übertrieben ist, aber es schadet nichts, der Sache nachzugehen. Um sich dumme Ideen aus dem Kopf zu schlagen, weißt du, um jede mögliche Gefahr abzuwenden.«

»Ach, was denn für eine Gefahr! Sieh sie dir doch an, wie glücklich sie ist, sie lebt in einem Schloss und bekommt alles, was sie will.«

»Silvia, ich bitte dich, hab ein Auge auf sie. Schaden kann es nicht, und ich glaube nicht, dass alles am rechten Platz ist. Wenn ich ihr beim Essen in die Augen schaue, kommt es mir manchmal so vor, als hätte sie den Blick eines alten Menschen.«

»Eines alten Menschen?«

»Ja, als würden ihre Augen von grauen, ausgebleichten Netzhäuten verschleiert.«

»Jetzt übertreibst du aber, finde ich, sie hat eine Pfirsichhaut.«

»Malt sie immer noch diese Bilder?«

Silvia ist nervös, sie stampft mit dem Fuß auf

dem Boden auf und schnaubt, als wäre sie lieber woanders, stattdessen muss sie hier sitzen und mit ihrer Schwiegermutter reden, die nicht mehr alle beisammenhat.

»Manchmal.«

»Und du meinst nicht, dass es angebracht wäre, diese Bilder von jemandem untersuchen zu lassen, der sich damit auskennt?«

»Ja, natürlich! Und dann rücken dir die Sozialdienste auf den Pelz! Die ruinieren dein Leben; wenn sie eine Familie erst einmal aufs Korn genommen haben, kannst du dir sicher sein, dass es das war mit der Familie. Und warum das alles? Weil meine Tochter Karuben malt?«

»Wie willst du denn wissen, ob es Karuben sind? Sie sehen eher wie Schornsteine aus, mit dieser Spitze. Hat Maria eigentlich jemals Schornsteine gesehen?«

»Adele, es sind Karuben, da bin ich mir ganz sicher. Es gibt einen großen Johannisbrotbaum im Garten der Schule, wo die Kinder jeden Tag viele Stunden lang spielen. Sie klettern auf den Baum, und weil der Stamm fast horizontal gewachsen ist, können sie seine Früchte pflücken. Wenn du wüsstest, wie viele Karuben sie mir nach Hause bringt. So viele, dass ich mehr als genug Johannisbrotcreme horte.« Silvia steht auf und berührt Adele an der Schulter, als wollte sie sie beruhigen, dann geht sie in die Küche, wo sie ein Glas mit einem braunen, körnigen Inhalt aus der Anrichte nimmt. »Hier, Adele, probier doch mal, wie gut das schmeckt«, sagt sie und reicht ihr einen mit Creme gefüllten Löffel.

»Karuben! Ich will auch welche«, schreit Maria, läuft auf die Nonna zu und umarmt sie.

»Hmm, köstlich. Wie machst du diese Creme?«, fragt Adele, den Kopf ihrer Enkelin liebkosend, und reicht ihr dann selbst den zweiten Löffel.

»Man schält Mandeln, tut sie in den Mixer, gießt etwas Milch und ein bisschen Öl hinein. Dann fügt man die Samen der Karube hinzu, die man vorher getrocknet hat. Wenn ich Gerstenmalz dahabe, gebe ich ein bisschen dazu, damit wird die Creme besonders gut.«

»Ja, besonders gut!«, wiederholt Maria.

»Wirklich lecker. Wenn du das nächste Mal nach Rom kommst, Maria, wirst du ein volles Glas finden.«

Im Wohnzimmer nebenan sitzt der Papa im Sessel und raucht Pfeife. Er hört die beiden Frauen sprechen und Maria vor Freude jubeln, aber eine Wand trennt sie. Er säubert das Innere des Pfeifenhalses mit einem Pfeifenreiniger, seine Hände zittern. Ein starkes Unbehagen drückt ihm auf den Magen wie ein schwerer Stein, aber er schafft es nicht einmal aufzustehen, um ins Bad zu gehen. Er legt die Hände aufs Gesicht und bricht in lautes

Schluchzen aus, verschließt sich den Mund, indem er in seine Faust beißt, aber er kann das Weinen nicht dämpfen.

»Papa!« Maria springt auf und läuft zu ihm, aber sie rührt ihn nicht an. *Ich müsste ihn streicheln*, denkt sie, doch sie tut es nicht. Seit einiger Zeit hat sie aufgehört, ihn zu umarmen. Sie möchte es gern tun, denn sie spürt sein Weinen, als käme es aus ihr selbst, doch wenn sie sich die Berührung vorstellt, verhärten sich ihre Muskeln, also setzt sie sich zu seinen Füßen hin und drückt mit den Händen seine Schuhe.

»Was ist los mit dir?«, fragt Adele mit ihrer sanften Stimme, »komm her, nimm mich in den Arm. Ist das die Weihnachtsmelancholie?«

»Es ist nichts, Mama, bitte entschuldigt. Es wird die Atmosphäre sein, die mich so glücklich macht, dass ich weinen muss.«

»Dann bist du nicht unglücklich?«, fragt Maria mit schwacher Stimme, aber in neugierigem Ton.

»Ich bin ganz und gar nicht unglücklich, mein kleines Mädchen«, antwortet er, über ihren Kopf streichend. »Und jetzt gehen wir alle ins Bett. Es ist eins, das ist keine Uhrzeit für Kinder.«

»Uff ...«

»Ab in die Heia. Alle ab ins Bett, wir sind müde.« Silvia lächelt ihn an, nimmt seinen Arm und legt den Kopf an seine Schulter.

»Papa hat recht. Ruckzuck ins Bett!«

»Darf ich heute bei der Nonna schlafen?«

»Natürlich darfst du«, antwortet Silvia.

»Aber schlafen tun wir ganz bestimmt nicht, ich werde dir so viele Märchen erzählen, dass du von Großmüttern erst mal nichts mehr wissen willst.«

Maria kichert fröhlich.

»Sieger ist, wer sich in dreißig Sekunden die Zähne putzt und den Pyjama anzieht. Ich fange an zu zählen: eins, zwei drei ...«

Der Wasserträger

»Na, wie wird es, sehe ich hübsch aus?«

»Du siehst sehr hübsch aus, aber dreh dich ein bisschen zu mir, sonst kommt ein Picasso dabei heraus.«

»Wie ist denn ein Picasso?«

»Du kennst Picasso nicht?«

»Ich kenne ihn, aber ich weiß nicht, wie er ist.«

»Was weißt du dann von ihm?«

»Bloß das, was die Lehrerin in der Schule gesagt hat: Pablo Picasso, rosa und blaue Periode.«

»Und afrikanische Periode, analytischer und synthetischer Kubismus, Klassizismus und Surrealismus.«

»Rosa und Blau ist besser.«

»Halt das Kinn höher.«

»So?«

»Ja, perfekt. Was für ein Landsmann ist Picasso deiner Meinung nach?«

»Hm, Pablo, Pablo, er wird Spanier sein.«

»Aus Málaga.«

»Das ist in Spanien?«

»Das ist im Süden von Spanien, ja, in Andalusien.«

»Außerdem weiß ich, dass dieser Pablo ein Genie war.«

»Ein Genie oder ein Kranker.«

»Was für eine Krankheit hatte er?«

»Das ist die Theorie eines holländischen Neurologen, der behauptet, die kubistischen Gemälde von Picasso rührten von seiner Migräne her.«

»Aha, dann bin ich aber auch ein Genie.«

»Weil Migränekranke angeblich alle Formen so wahrnehmen, als wären sie zerbrochen, aber das ist Unsinn.«

»Wie willst du denn wissen, ob das Unsinn ist?«

»Wenn einer so weit kommt, welchen Unterschied macht es dann, ob er ein Genie oder ein Wahnsinniger ist? Und damit meine ich: Wer entscheidet, wer das Genie in der Kunst ist, wenn nicht das Publikum, das die Werke bewundert?«

»Hm ...«

»Wen kümmert es dann, ob das Genie ein Genie war und warum, oder ob es ein Wahnsinniger war, den alle für ein Genie hielten? Ich finde, das sind pleonastische Diskussionen, durch die sich nichts ändert.«

»Pleonastische ... Außerdem, wie viele Migränekranke gibt es und wie viele Picassos?«

»Genau.«

»Dieser holländische Möchtegernwissenschaftler war wirklich ein Idiot.«

»Deine Mama gibt kein Lebenszeichen von sich.«

»Sie ist offenbar wirklich eingeschlafen.«

»Hast du je von *Guernica* gehört? Vom Spanischen Bürgerkrieg, dem Luftangriff auf die Brücke bei Rentería 1937?«

»Nein. Wenn es ein Krieg war, waren die Faschisten dabei?«

»Ja. Das Bild ist ein absolutes Meisterwerk. Ich werde dir ein Buch darüber schenken.«

»Und wenn ich mich dann langweile?«

»Ich langweile dich?«

»Im Moment nicht, aber wer weiß.«

»Außerdem gibt es die *Weinende Frau* und *Der alte Gitarrenspieler*, die *Drei Musikanten* und den *Traum*. Was für einen weißen Hals du hast«, flüstert Antonio, und ich, die ich wach bin, aber zu schwach, um die Augen zu öffnen, höre ihn und höre ihn nicht. Hat er das gesagt, oder liegt es vielleicht nur am Wein?

»Wie wird das Porträt? Darf ich die weinende Frau machen? Oder den Traum, kann ich der Traum sein mit einem so weißen Hals?«

»Nein, du bist zu weich für einen Picasso. Du könntest *La Cigale* sein, die Zikade, von Jules Lefebvre.«

»Wie ist sie?«

»Genau wie du. Sie hat helle Haut, perlweiß, einen schlanken, hoch aufgeschossenen Körper mit ein paar Rundungen, durch die sie noch wie ein Mädchen erscheint. Ihre Haare sind lang und schwarz, sie fallen in Wellen bis zur schmalen Taille. Und sie hat etwas Besonderes in den Augen, einen unschuldigen und gleichzeitig strengen Blick. Sie hält ihren kleinen Finger an den Mund wie ein Kind, und man weiß nicht, ob sie sagt ›komm‹ oder ›bleib weg von mir‹.«

»Die Zikade.«

»Ja.«

»Was gefällt dir am besten an ihr?«

»Der Blick, und wie sie die Augenbrauen runzelt.«

»Ach was, bestimmt nicht der Blick. Ich meine das, was dir wirklich am besten gefällt! Etwas Besonderes. Mach die Augen zu und denk an deine Zikade.«

»Der Nabel.«

»Also ist sie nackt?«

»Sie bedeckt sich nur mit ihren Haaren. Vielleicht hat sie ein weißes Tuch in der Hand.«

»Ich werde nie sein wie sie, ich bin angezogen.«

»Aber du trägst ein entzückendes Kleidchen mit Blumen.«

»Und du erinnerst dich an ihren Nabel, aber wie meiner aussieht, weißt du nicht einmal.«

»Er passt genau zu deinem Körper.«

»Sie hat längere Haare als ich.«

»Deine sind schöner.«

»Und sie hat einen Blick, der dich verstört, sagst du.«

»Du kannst dir nicht vorstellen, wie mich dein Blick verstört.«

»Jetzt zeig mir endlich dieses verdammte Porträt, ich bin neugierig.«

Ich öffne leicht die Augen, meine Lippen sind lauwarm, und meine Wangen jucken. Maria lehnt an der Armlehne des Sessels, ihre Beine sind vom langen Stehen angeschwollen. Die langsam sinkende Sonne spielt mit den Strahlen, die durchs Fenster fallen, und lässt die blonden Härchen an den Schenkeln meines kleinen Mädchens aufleuchten. Ihre Zartheit rührt mich. Das Kleidchen legt sich eng um ihre zierliche Taille und die schmalen, mädchenhaften Hüften. Während Antonio ganz darauf konzentriert ist, sie zu porträtieren, kann sie partout nicht still stehen. Sie dreht die Augen nach hier und dort, als hätte sie sich verirrt, reckt den Hals zum Fenster, und ich stelle mir vor, wie schön es wäre, wenn jetzt ein Junge in ihrem Alter von unten laut nach ihr rufen würde: »Maria, Marì!« Komm schon runter, los! Sei nicht böse, Marì, du weißt doch, dass ich dich mag.«

Ich würde sie fragen: »Wer ist denn dieser Junge

da unten?«, und sie würde kühl antworten: »Ach nichts, das ist niemand, Mama.«

»Mir scheint aber, dass er dich gut kennt, hör doch mal!«, und am Fenster ertönt wieder diese Grünschnabelstimme: »Maria, also so machst du mich fertig. Seit drei Tagen bin ich hinter dir her, kommst du jetzt runter oder nicht? Ich bleib so lange hier unten stehen, bis du rauskommst, und dann hab ich dich. Irgendwann wirst du wohl runterkommen müssen, oder? Kannst ja nicht die ganze Zeit da drinnen sitzen, guck doch, die Sonne scheint, Marì, guck doch mal, was für 'ne schöne Sonne ich dir mitgebracht hab.«

»Warum gehst du nicht runter, Maria? Was hat der arme Junge dir getan?«, würde ich fragen.

»Er ist verrückt, siehst du das nicht?«

»In deinem Alter macht man doch andauernd verrückte Sachen. Nun geh schon, trau dich und probier's mal aus.«

Und von der Straße würde wieder diese Stimme heraufschallen: »Maria, du denkst, dass ich dich bloß verscheißern will. Aber solche Sachen hab ich noch nie gemacht, für keine. Ich hab immer alle Mädchen gekriegt, die ich haben wollte, und das weißt du, Marì, ich hab's nicht nötig, bei einer unterm Haus zu stehen. Aber du denkst, dass du nicht mit mir reden darfst, weil ich sofort jede aufreißen könnte. Du musst aber eins wissen, Marì, mir sind diese andren Mädchen wirklich völlig egal. Ich guck nicht mal hin, ob sie schön sind oder hässlich. Die kommen mir alle so vor, als hätten sie keine Augen, jetzt, wo ich deine Augen gesehen hab. Willst du endlich verstehen, Marì, dass du mich wahnsinnig machst, schlimmer, als du's dir vorstellen kannst? Würd ich sonst hier stehen und betteln, wenn ich mich einfach vor ein andres Fenster stellen und eine haben könnte, die so ist wie du? Wenn ich dich sehe, fühl ich mich wie ein kleiner Junge, Marì. Mir ist, als würde ich gleich mein Herz verschlucken, denn das klopft mir fast im Hals. Jetzt sag ich dir all diese Sachen, aber ich schwör, Marì, wenn du runterkommst, ist mein Mund wie zugenäht, und ich rede nicht mehr. Ach, komm doch runter, tu mir den Gefallen.«

Dann würde Maria mir diesen listigen, besserwisserischen Blick zuwerfen und mir noch kindlicher vorkommen.

»Na gut«, würde sie sagen und sich vor dem Spiegel kurz zurechtmachen, »aber ich geh nur runter, um ihm zu sagen, dass er sich nach Hause verziehen soll.« Ich würde lächeln, weil ich bemerke, dass sie zögert, aus dem Haus zu gehen, denn sie ist sehr aufgeregt.

Doch das alles geschieht nicht, auf der Straße unterm Fenster ist es still, und Maria sucht die falsche Aufmerksamkeit.

Ihre Haut ist fast durchsichtig, es ist Juni, und sie hat noch keinen einzigen Sonnenstrahl abbekommen. Jetzt mustert sie mit abwesendem Blick die Blumentöpfe auf dem Fensterbrett des Nachbarn. Ihr Gesicht ist röter als sonst. Sie steckt einen Finger in den Mund, beißt ein Stück Haut ab.

»So bist du die Zikade. Mit dem Finger.«

»Entschuldigung, das hab ich nicht gemerkt. Ich kann einfach nicht still stehen.«

»Aber ich finde, der Finger passt gut dahin. Ja, zwischen Unter- und Oberlippe.«

»Soll ich auch reinbeißen?« Sie kichert.

»Nein, lass ihn leicht auf der Lippe liegen.«

Maria legt den Finger auf ihre Zunge.

»Hm, der schmeckt so gut.«

»Ich bin fast fertig! Und hör auf, mit dem Finger zu spielen, du lenkst mich ab.«

»Uff, weißt du, wie weh das tut, so unbeweglich dazustehen?«

»Was tut dir weh?«

»Alles, die Muskeln und die Knochen, sogar die Haut. Die Spitze vom rechten Fuß tut mir weh, weil ich mein ganzes Gewicht draufgestützt habe. Das hat jetzt eine ganze Stunde gedauert oder wie lang?«

»Ich weiß es nicht, ich habe das Zeitgefühl verloren. Zeichnen hat diese Wirkung auf mich, vor allem, wenn das Modell so schön ist.«

»Du ahnst nicht, wie weh mir die Wade tut. Sie

ist ganz angespannt, manchmal kriege ich sogar einen Krampf.«

»Du darfst deine Position ein bisschen verändern, wenn du möchtest, aber nicht zu sehr!«

»Und mein Oberschenkel, der zittert sogar, weil ich ihn so stark belastet habe. Wenn ich meine Position jetzt ändere, sind wir wieder bei null, denn beide Arme tun mir weh, und ich fühle mich so müde, dass ich jetzt nicht mal an eine andere Position denken möchte.«

»Schon gut, ich bin ja fertig.«

»Super, ich leg mich hin!«

»Leg dich ruhig in den Sessel.«

»Aber zeig doch mal her!«

»Noch nicht, ich muss noch einige Details verbessern.«

»Welche Details willst du verbessern?«

»...«

»Ich meine, wie willst du das machen, ohne mich anzusehen, wenn die besten Details hier bei mir sind?«

»Es sind deine.«

»Es sind meine.«

»Aber ein Bild ist ein Bild, du musst die Realität abwandeln, wenn du willst, dass sie sich selbst so ähnlich wie möglich ist.«

»Was du da sagst, ergibt überhaupt keinen Sinn.«

»O doch, und ob. Denke dir, du müsstest einen

Roman schreiben, zum Beispiel über einen Streit in der Familie. Wenn du Wort für Wort aufschreiben würdest, was die Menschen einander tatsächlich sagen, nun, dann könntest du dem Leser nie und nimmer vermitteln, was du selbst empfunden hast, als du den wirklichen Streit miterlebt hast.«

»Und was folgt daraus? Dass ich lieber keinen Roman über einen Streit schreibe.«

»Oder du beschreibst einen anderen, der ihm ähnelt, der seine schlimmsten und besten Seiten ins Extrem steigert, der den Figuren ihre Widersprüche nimmt und sie sich selbst ähnlicher macht.«

»Darum veränderst du die Wirklichkeit?«

»Nein, ich ändere die Fiktion, damit sie der Wirklichkeit ähnlicher wird. Wirklichkeit und Fiktion sprechen unterschiedliche Sprachen. Wenn du einem Deutschen Chinesisch beibringen willst, der keinen Schimmer davon hat, musst du ihn auf Deutsch unterrichten. Verstehst du?«

»Mir ist sehr warm.«

»Es ist wärmer als heute Vormittag, mir ist auch warm.«

»Kein Wunder, so, wie du angezogen bist.«

»Ich bin ein eleganter Mann in einem gewissen Alter, wie soll ich mich deiner Meinung nach anziehen?«

»Was weiß ich, aber wenn ich dich in diesen langen Hosen sehe, leide ich mit dir.«

»Ich kann mir schließlich keine Röckchen anziehen wie du.«

»Die würden dir aber gut stehen!«

»Flatternde Blümchenröcke wie deiner.«

»Darin schwitzt man wenigstens nicht.«

»Das glaube ich gern, deiner ist fast durchsichtig.«

Ich bin durcheinander, entsetzlich erschöpft und müde, sowohl wenn ich zurückblicke, als auch nach vorne schaue.

In dem Verwirrspiel zwischen dem Bewussten und dem Unbewussten, dem Gesagten und dem Gefühlten kann ich nicht mehr klar unterscheiden, ob das, was passiert, nur deshalb passiert, weil ich es sehe, oder ob es wirklich passiert, ich mich schlafend stelle und in keiner Weise eingreife.

Jetzt frage ich mich: *Kann ich wirklich so schlecht von meinem Mädchen denken?*, und ich sage mir auch, dass Antonio mich liebt, vor wenigen Stunden hat er mich doch noch so sehr geliebt! Dann steigt mir wieder das Blut zu Kopf, und ich denke: *Sind das etwa Dinge, die man einem jungen Mädchen sagt? Und wo hat sie diese Spielchen gelernt, gütiger Himmel? Respekt für mich, ihre Mutter, die sie so sehr liebt, oder wenigstens ein bisschen Mitleid mit ihr, nicht mal das kann Maria empfinden?* Ich schlage die Augen auf, und Marias Stimme legt sich wieder auf ihr heiteres Gesicht mit den vollen Wangen. Sie ist so fröhlich, möchte sich amüsieren.

»Guten Morgen, Mama!«

»Endlich bist du aufgewacht.«

»Wie lange habe ich denn geschlafen?«

»Keine Ahnung, ich weiß es wirklich nicht.«

»Hast du auch das Zeitgefühl verloren?«

»Um ehrlich zu sein, weiß ich nicht, ob ich überhaupt geschlafen habe.«

»Doch, hast du, wie ein Stein.«

»Antonio hat ein Porträt von mir gemalt, aber er zeigt es mir nicht!«

»Gleich, Moment noch. Was für eine ungeduldige Tochter du hast.«

»Geduld ist die Tochter des Alters.«

»Jetzt ist es fertig.«

»Hurra!«

Als ich dieses lachende Gesichtchen so unbefangen und aufrichtig jubeln sehe, erscheint mir der heutige Tag fast besser als gestern und jeder andere Tag in unserem Leben. Über die Bilder, die mich jetzt umgeben, legen sich die der Vergangenheit in Rabat, wenn ich sonntagmorgens absolut nicht darauf verzichten konnte, einen Spaziergang auf dem Hauptmarkt zu machen.

An einem besonderen Sonntag wachte ich früher auf als sonst. Ich war allein im Bett, und das erschien mir merkwürdig. Ich stand auf und ging in Marias Zimmer, um nach ihr zu sehen. Die Kleine schlief zusammengekrümmt auf einer Seite, und mein Mann, der leicht schnarchte, lag neben ihr auf dem Rücken. *Wahrscheinlich hat er ihr am Abend zwei oder drei Geschichten vorgelesen*, dachte ich, *und ist dann eingeschlafen, weil er so müde war.* Ich schloss das Fenster, damit die heiße Sonne die beiden nicht weckte. Dann nahm ich die große Stofftasche, die ich für Einkäufe benutzte, und verließ leise das Haus, froh, ein wenig Zeit für mich allein zu haben. Bei der Medina angekommen, schlüpfte ich in das Gassengewirr des Suq. Da waren die warmen Farben Purpur und Karmesinrot, ockerfarbene Puder, Töpfe voller Oregano, Körbe mit rotem Pfeffer und betäubend starke Gerüche. Die dichte, lärmende Menschenmenge erzeugte ein angenehmes Gefühl der Desorientierung. Die Esel mit ihren Lasten auf dem Rücken, die Kinder, deren Aufregung zu einem einzigen Schrei verschmolz, der Alte, der Hinkende, der Bettler. Der Orangenverkäufer, der Seiler. Ich kaufte ein Kilo rote Kartoffeln, die festen, und Salattomaten, so groß und glänzend, wie ich noch nie welche gesehen hatte. Außerdem Zwiebeln und Peperoni. Jeden Sonntag füllte ich, vom Markt zurückgekehrt, die Küche mit Obst und Gemüse, die sich in den schönsten Zimmerschmuck verwandelten. Ein Junge kam auf mich zu und bat um eine Münze. Seine Haut war dunkel, seine Haare waren pechschwarz, die Augen aber von einem leuchtenden Blau. Ich spazierte an den Geschäften entlang, die Verkäufer hockten zwischen ihren Waren. Lederhandtaschen, golden und schwarz gefärbte Wolle, Männer, die Körbe flochten. Die Häuser waren weiß und hellblau mit halb geöffneten Türen und so schön, dass man sich kaum beherrschen konnte, nicht einzutreten und einen verstohlenen Blick ins Innere zu werfen. Manche Türen hatten Bögen, und in der Mitte hing ein Stück Eisen in Form einer Hand, das Unglück abwehren sollte. Das alles war so schön, dass ich mich Maria gegenüber schuldig fühlte. Hätte ich sie nicht lieber wecken sollen? Sie hätte hier ihren Spaß gehabt. In einem der Zelte, die sich vorübergehend in Speiselokale verwandelten, hätten wir Fisch und Gemüse aus einer *Tajine* gegessen. Sie hätte vielleicht darauf bestanden, dass ich einen der durchlöcherten, eisernen Lampenschirme kaufte, die mit winzigen Spiegeln besetzt sind und die weißen Wände mit Formen und Farben bedecken, wenn man die Lampe anzündet. Wie sehr hätte sie gelacht, wenn wir an dem Mann mit dem dressierten Äffchen vorbeigekommen wären, an dem Verkäufer von Gebissen, dem Schlangenbeschwörer oder dem Feuerschlucker. Ich kaufte eine Seezunge und eine Krake für einen lächerlichen Preis, beide schon gesäubert, eine gelbe Melone und anderes Obst. Die Tasche war so schwer geworden, dass ich sie manchmal über den Boden schleifte. »*Me donner une pincée de safran?*« Auf und ab ging es durch die Medina, die aus Treppen und gewundenen Gassen besteht; auf den Mäuerchen genossen Katzen die Sonne, Kinder spielten Ball auf der Straße, andere arbeiteten an der Drehbank oder färbten riesige Wollknäuel. Ich ging in ein Atelier, wo ein Künstler damit beschäftigt war, eine Mauer zu malen, und hatte noch keine Ahnung davon, dass ich schon sehr bald meine eigene Kunstgalerie in Rom eröffnen würde. Binnen Kurzem, noch am selben Tag, würde sich mein ganzes Leben verändern. Der Geruch der in der Sonne trocknenden Häute vermischte sich mit dem der Gewürze und des Weihrauchs. Gerber, Färber, Weber und Goldschmiede, alle mit demselben eindringlichen Blick der Marokkaner. Ich feilschte um den Preis eines schönen Schals. Über meinem Kopf hingen Kaftane und handgewebte Teppiche. In der Ferne sah ich das Minarett, von dem sich die Stimme erhebt, die zum Gebet ruft. Das Einzige, was mir an einem solchen Morgen fehlte, war meine Familie. Die Erinnerung an manche gemeinsam verbrachte Sonntage machte mich traurig. In letzter Zeit war es, als wäre ein Schleier der Trägheit über meinen Mann gefallen. Er war lieber allein als in Gesellschaft, las viel und verbrachte seine Freizeit zu Hause statt draußen. Rabat, die Stadt, in der wir jetzt schon seit einigen Jahren lebten, hatte für ihn ihren früheren Reiz verloren, und keine ihrer Farben, kein Sonnenreflex, kein Duft erregte ihn mehr, ja, das alles schien ihn nichts mehr anzugehen. Er war bei mir, wirkte aber abwesend. Wenn ich ihn umarmte und nicht locker ließ oder ihn sanft auf die Wangen küsste, wurde er manchmal aggressiv: »Es ist der falsche Moment, merkst du das nicht?«

»In letzter Zeit ist es immer der falsche Moment. Man könnte fast glauben, es wäre besser für dich, wenn es mich nicht gäbe.«

»Hör auf, du langweilst mich.«

»Ich langweile dich? Du hast eine gute Arbeit, eine großartige Frau und eine wunderschöne Tochter. Würdest du bitte aufhören, mit deiner dummen Langweile zu zerstören, was es Schönes in deinem Leben gibt?«

»Ich habe eine anstrengende Arbeit, eine verwöhnte Frau und eine Tochter, die mich braucht. Und ich bitte lediglich darum, in Ruhe gelassen zu werden. Was fehlt dir?«

»Du fehlst mir, mir fehlt, dass du mich küsst, mich liebkost oder mich einfach nur manchmal anlächelst.«

»Und wenn ich dich dann umarmt habe, wirst du mir sagen, ich hätte es nur getan, weil du mich darum gebeten hast.«

»Stimmt!«

»Versuche, weniger von mir zu erwarten. Dass

ich dich nicht umarme, liegt nicht unbedingt an dir.«

»Ich glaube, wir sollten darüber sprechen und über das nachdenken, was uns und unserer Tochter in letzter Zeit passiert. Hast du den Eindruck, dass es Maria gut geht?«

»Es passiert nichts anderes als das, was in allen Familien passiert. Niemand zwingt uns, darüber nachzudenken.«

»Nie willst du dich den Problemen stellen.«

»Ihr Frauen habt diesen angeborenen Mut, euch Problemen zu stellen. Aber ihr neigt dazu, zu glauben, dass ihr selbst das Problem seid. Und damit schnappt die Falle zu. Es würde dir viel besser gehen, wenn du verstehen würdest, dass du bei fast allem, was mich quält und bedrückt, nur eine Nebenrolle spielst. Dir würde es besser gehen, uns beiden würde es besser gehen.«

Bei einem Gespräch mit Giorgio war es, als würde man nicht *miteinander* sprechen. Er hatte ein ausgeprägtes Talent, sein Gegenüber mit Worten ohne konkrete Bedeutung zu verwirren, auf die man nicht anders als mit Schweigen reagieren konnte, was ihn dann irgendwie ins Recht setzte und seinen Gesprächspartner ins Unrecht. Diese Nichtkommunikation ließ meine Liebe nur stärker werden. Wenn es stimmt, dass man als Paar nicht die Wahrheit, sondern das Geheimnis teilen sollte, dann hatte

Giorgio diese Regel nicht verletzt. Immer empfand ich mich als diejenige, die etwas nachzuholen hatte.

Ich überlegte, dass ich schnell nach Hause zurücklaufen und meinen Mann mit der unterwürfigen Zärtlichkeit einer Frau wecken sollte, die für sich selbst nichts beansprucht, sondern nur geben möchte. Wir würden mit Maria an die Küste fahren und zu den Verkaufsständen spazieren, wo man gebratene Fische isst, riesige Krebsscheren, deren Fleisch man herausholen muss, und gegrillte Sardinen, viel größer als die Fische in unseren Gewässern. Jemand würde mit einem *Tass* umhergehen, einem tragbaren silbernen Waschbecken, in dem man sich vor dem Essen die Hände wäscht. Wir würden dort zu Mittag essen, an kleinen Tischen mit Papiertischdeckchen. Frauen füllen Wasser in die Krüge, die heiße Sonne scheint durch die Zeltwände. Auch Maria würde sich daran erfreuen, hoffte ich. Sie war neun Jahre alt, doch während andere Kinder lachend und schreiend auf dem Schulhof spielten, machte sie aus dem Schweigen ihre unbezwingbare Waffe. Sie war abgemagert, hässlich und blass geworden, der Blick leer, die Augen von tiefen violetten Ringen umgeben. Sie schlief schlecht ein, »du schläfst noch nicht?«, »ich gehe Pipi machen«, »ich gehe etwas Wasser trinken«, antwortete sie, wenn ich ihr nachts begegnete, die Lider halb geschlossen, eine unsichere Stirn, die gegen die Wände stieß. Ich überraschte sie dabei, wie sie sich die Hände mehrmals hintereinander mit Seife wusch, heftig reibend, mit übertriebener Sorgfalt.

Wenige Tage zuvor hatte man mich dringend gebeten, in die Schule zu kommen, denn Maria hatte einen Anfall. Diana, ihre kleine, blonde Freundin, mit der sie zum Feigenverkäufer ging – sie bekamen jedes Mal zwei Feigen geschenkt –, war zwar klein, von zartem Körperbau mit schmalen Handgelenken, schien Maria aber durch ihre Anwesenheit zu beruhigen, denn Maria lud Diana oft ein, bei ihr zu schlafen. An diesem Tag hatte Maria, wie sie mir später erzählte, beobachtet, wie Diana und ihr kleiner Freund sich auf den Mund küssten: sie, mit rosa Schleifchen und gepunktetem Haarreif, stand auf Zehenspitzen, er, ein Franzose in kurzen Samthosen, hielt sie an der Hand und hatte die Augen geschlossen. Bei diesem Anblick warf Maria wutentbrannt alle Steine weg, die die Kinder an diesem Nachmittag im Schulgarten gesammelt hatten. Dann hob sie einen auf und verletzte sich damit im Gesicht, danach einen zweiten und verletzte sich erneut. Als ich kam, um sie abzuholen, waren die anderen Kinder ins Klassenzimmer zurückgebracht worden: »Sie sind alle aufgeregt!« »*Elle est folle!*« Marias Schulkittel war blutbefleckt, die Kratzer in ihrem Gesicht schmerzten. Ich versuchte, sie zu säubern, damit ich sie nicht so übel zugerichtet durch die Straßen schleppen musste. Zu Hause fanden wir Giorgio auf der Armlehne des Sofas sitzend, in der Hand seine Geige. Er hatte uns nicht hereinkommen hören, sein Kinn lag auf dem Kinnhalter, die Augen waren geschlossen, und bei jedem hohen Ton kniff er sie zusammen, als versenkte er sich in einen tiefen, inneren Schmerz. Bei den letzten Tönen öffnete er plötzlich die Augen. Als er uns endlich wahrnahm, bedeutete er Maria, sie solle sich neben ihn setzen. Sie zog ihre Jacke nicht aus, damit Papa das Blut nicht sah. Er fragte nicht, was die Kratzer bedeuteten, sondern begann wieder zu spielen, ohne mit der Wimper zu zucken. Maria sang leise – wie gut ich mich an diesen Moment erinnere! –, und beide lächelten. Obwohl sie etwas entfernt voneinander saßen, schienen sie sich zu umarmen. Nachdem das Lied beendet war, verließ Giorgio schweigend das Zimmer, und Maria betrachtete die Geige, als erwartete sie, dass jeden Moment ein Ton herauskommen könnte. Die hölzernen Zargen des gebogenen Ahorns wirkten abgenutzt. Ich dachte an Marias weiche Stimme, wünschte, ich könnte sie noch einmal hören. Ich beobachtete sie. Sie war so mager, struppige Strähnen um das Gesicht, trockene Lippen.

Aus diesen Gedanken riss mich ein *Guerrab*, der mir für zwei Dirham etwas zu trinken anbot. Er trug einen bunten Hut, mit dem er sich vor der Sonne schützte. An seiner Lederschürze waren unzählige Schüsseln befestigt, und in der Hand hielt er eine kleine Glocke, mit der er die durstigen Menschen im heißen Suq auf sich aufmerksam machte. Ich nahm sein Angebot an, er goss mir Wasser aus der *Guerba* ein, die er auf dem Rücken trug: ein kleiner Wasserbehälter, genäht aus der Haut einer ganzen Ziege. Ihre Beine sind fest zusammengebunden, anstelle des Kopfes hat sie einen Wasserhahn aus Messing. Der Wasserverkäufer steckte meine Münzen in seine Ledertasche.

Ich wünschte mir, mit Giorgio und Maria zusammen zu sein, hier oder an irgendeinem anderen Ort, doch die Ahnung, dass jeder Blick ernster sein würde, als ich es erwartet hätte, und jedes Wort brutaler als die, die ich gerne gehört hätte, hielt mich davon ab, nach Hause zurückzukehren. *Es ist Sonntag,* sagte ich mir, *der einzige Tag, den wir zusammen haben. Und die Sonne scheint, wir könnten einen Spaziergang machen, einen Ausflug, und wenn niemand mit mir gehen will, könnte ich immer noch etwas Besonderes zum Mittagessen kochen.* Das waren meine Gedanken auf dem Heimweg. Die schwere Tasche voll Obst und Gemüse zwang mich, von Zeit zu Zeit stehen zu bleiben und die Tasche in die andere Hand zu nehmen, um die schmerzende Handfläche zu befreien. Wenn man von der Medina in das französische Viertel lief, veränderte sich die Stadt. Der Himmel war klar wie auf einem Aquarell, hier und da sah man eine lustig geformte weiße Wolke. Ich atmete tief ein und nahm mir vor, mit einem Lächeln nach Hause zurückzukommen, meine Angst und Unzufriedenheit würde ich verbergen. Ich würde Freude um mich herum verbreiten und meiner Familie helfen, ihren inneren Frieden wiederzufinden. *Im Grunde kann Liebe doch alles flicken,* dachte ich. Mir fiel die Geschichte über die japanische Kunst des *Kintsugi* ein, von der Nonna Adele erzählt hatte und die mir im Gedächtnis geblieben war.

»Es war einmal eine schöne Dame, die räumte die Küche auf und versuchte dabei, an nichts zu denken. Auf der Straße spielte jemand Flöte, eine jener Melodien, die man besser nicht hört, wenn man nachts allein ist. Da drang ein so heftiger Schmerz in ihre Brust, dass sie kaum mehr atmen konnte. Die Zuckerdose aus Porzellan fiel auf den Boden und zersprang in viele Stücke.

›O nein, die Zuckerdose meiner Hochzeit!‹, schrie sie zitternd, dann brach ihr unter Tränen die Stimme. Doch sie erinnerte sich, dass ein japanisches Mädchen vor Kurzem am Ende der Straße eine Werkstatt eröffnet hatte. ›WIR REPARIEREN GESCHIRR: DIE SCHÖNHEIT DES MAKELS‹, stand auf dem Ladenschild. Nach einer schlaflosen Nacht klopfte die traurige Dame am nächsten Morgen bei dem Mädchen an. Saiko öffnete ihr mit fröhlichen Augen und machte sich daran, die Scherben zusammenzuschweißen, indem sie Goldlack über die Bruchkanten fließen ließ. ›Aber so kann jeder sehen, dass sie zerbrochen ist‹, jammerte die Dame. Sie schämte sich für die Verletzungen, die verlorene Unversehrtheit des Porzellans. Sie dachte: *Wenn sie zerbrochen ist, muss jemand Schuld daran sein.* Saiko streichelte ihr die Hand, und sie hatte das Gefühl, das Mädchen könnte ihr Innerstes verstehen. ›Das Leben ist beides, Makellosigkeit und Fehlerhaftigkeit‹, flüsterte Saiko mit so sanfter Stimme, dass es klang, als sänge sie. ›Deine Zuckerdose hat jetzt eine Geschichte und ist schöner als zuvor. Der Kummer lehrt dich, dass du lebst, die Furchen, die er hinterlässt, muss man aufwerten.‹ Die Dame drehte und wendete ihre neue Zuckerdose in der Hand. Sie war durch die goldene Aderung, die ein Geflecht bildete, wie es kein zweites gab, kostbarer geworden, und die Dame fand sie bezaubernd schön.«

Ich kam in der Rue de France an, wo der Verkehr so dicht war wie nie zuvor. In den Straßen um die italienische Botschaft herrschte ein verwirrender Lärm, etwas zwischen Hilfeschreien und Flüstern. *Ein Attentat!,* dachte ich sofort. Eine Weile blieb ich orientierungslos hinter der Menschenschlange stehen. Die Polizeisirenen heulten ohne Unterlass, und ein Krankenwagen erkämpfte sich mühsam freie Bahn auf der Straße.

»Was ist passiert?«, fragte ich den ersten Menschen, dessen Blick ich kreuzen konnte.

»Ich weiß nicht, wir haben nichts gesehen. Wir sind zu weit weg.«

»Es ist schrecklich, ganz schrecklich«, sagte jemand hinter mir.

Der Gedanke, dass mich nur wenige Meter von meinem Mann und meiner Tochter trennten, gab mir schlagartig Kraft und Klarheit. Ich begann, mir einen Weg durch die Menge zu bahnen, indem ich die Menschen mit Händen und Ellenbogen beiseiteschob, rief »entschuldigen Sie bitte« und »ich wohne dort«. Je näher ich dem Haus kam, desto dichter wurde die Menge und bildete eine Wand. »Lasst mich durch«, schrie ich, denn jetzt hatte mich die Angst gepackt, »das ist mein Haus.« Ein Polizist hielt mich an, noch bevor ich die Absperrungen erreicht hatte.

»Ich wohne dort«, erklärte ich.

»Das ist die Frau«, hörte ich jemanden sagen.

Ich konnte mich aus dem Griff des Polizisten befreien und durch die letzte Schranke aus Menschen stoßen, die mich vom zerschlagenen Körper meines Mannes trennte. Giorgio, entstellt, die Beine weit gespreizt. Der taubengraue Morgenrock über dem nackten Körper, der aufgerissene Rücken in einer Blutlache.

»Das ist die Frau, seine Frau, lasst sie durch«, sagte jemand, und jemand anderes: »Nein, haltet sie zurück, sie soll das nicht sehen!«

In diesem Moment zerriss meine Tasche, das Obst und Gemüse fielen heraus. Ich erinnere mich an zwei zusammengebundene Selleriestangen, die über die Straße bis in die Blutlache rollten. Plötzlich hörte ich nichts mehr. Das Stimmengewirr, die Sirenen, die Geräusche der Stadt, alles war verschluckt von einer endlosen Stille. Ich betrachtete den zerfetzten Körper meines Mannes, das bloßgelegte Fleisch auf dem Asphalt. Ohne einen Laut von mir geben zu können oder irgendeine Bewegung zu machen, näherte ich mich seinem Körper. Ich sah seine Arme, die Finger, deren Zärtlichkeit ich kannte, die Schultern, die auch in diesem Zustand breit wirkten.

»Morgen fahren wir zusammen mit dem Fahrrad am Bou-Regreg entlang. Wir fahren den ganzen Fluss ab, der unendlich lang ist. Du bist schneller, hast kräftigere Beine, du wirst auf mich warten. Wir fahren dorthin, wo der Fluss wilder ist und das Ufer unbebaut, wo die schwarzen Hähne im Gras picken und die Frauen mit den Füßen im Wasser tanzen.« Meine Beine krampften sich schmerzhaft zusammen, er rührte sich nicht und atmete nicht mehr. »Dann fahren wir die Allee hinauf, und auf dem Rückweg machen wir Rast in dem kleinen Lokal im Agdal-Viertel, das uns so gut gefällt.« Giorgio hörte mir nicht zu, und meine Augen waren zwei Fenster über einem öden Feld. Ich spürte rücksichtslose Arme, die mich packten und von dem Menschen weg-zogen, den ich mehr liebte als alles auf der Welt. Seine Züge waren so hart, dass auch die Liebe, die er empfunden hatte, aus seinem Gesicht verschwunden schien. Jede Vorstellung von meinem Leben verlor ihre Form. Meine Grenzen wurden ungewiss, das Heute und das Morgen schienen Teil derselben Einbildung zu sein, und die Vergangenheit krallte sich in meinen Magen als entsetzliches Bewusstsein von etwas, was es nicht mehr geben konnte. Von Giorgio war schon nichts mehr da. In meinen Erinnerungen vermischte ich Lachen und Weinen in derselben Zärtlichkeit, nichts von allem, was ich je erlebt hatte, erschien mir unglücklicher als dieser Moment. Und während der Kopf mich noch täuschte, *er lebt, er wird gleich aufwachen, es ist nichts passiert,* zogen unter dem dunstigen Himmel silbrige Schatten über sein Gesicht. In seinen gläsernen Augen wie die eines Blinden sah ich das Bild einer Zukunft, die sich langsam verschloss.

Ich weiß nicht, ob Stunden oder Minuten vergangen waren, als mir plötzlich Maria einfiel. Ich dachte an ihre dunklen, neugierigen Augen, ihr gekräuseltes Näschen, das schüchterne Lächeln, und mir wurde klar, dass nur wir beide übrig geblieben waren. Instinktiv hob ich den Blick zum Fenster, aus dem mein Mann gestürzt war. Ich erblickte ihr klares Gesicht über dem Fensterbrett, und mein Herz füllte sich mit allem, was ich ihr noch nicht hatte geben können, Aufopferung und totale Hingabe.

»Das Kind, das Kind ist oben im Haus.«

»Jemand muss hinaufgehen und es holen!«

»Signora, Sie können mit uns kommen, aber Sie dürfen die Wohnung nicht betreten.«

»Mein kleines Mädchen.«

»Wir bringen Sie jetzt zu Ihrer Tochter, es tut mir so leid, Signora, was für ein furchtbarer Schlag. Sie müssen stark sein, auch für die Kleine.«

Ich stand unter Schock und habe wenige Erinnerungen an diesen Moment. Geblieben ist mir das Gefühl vieler Hände, die an mir zerrten, mich begleiteten, mich führten oder mir warmherzig die Schulter drückten. Ich ließ mich ziehen, hörte und sah so wenig, als steckte mein Kopf in einer Plastiktüte, die am Hals zugeschnürt war. Wer mich in dem Moment gesehen hat, muss gedacht haben: *arme Frau, völlig von Sinnen*. Ich stieß hier und da gegen die Ecken, als wäre ich kein Körper mehr, sondern nur eine Masse aus schierem Schmerz. Ich stolperte, fiel ein paar Stufen hinunter, jemand half mir beim Aufstehen. Mir war, als wäre ich flüssig, als könnte ich nur mein Inneres sehen, nichts von der Außenwelt. Maria kam aus der Haustür und ging mir entgegen. Ich kniete mich hin und umschlang sie. »Wir beide sind da, nur du und ich«, sagte ich, »alles wird gut werden«, und erst, als ich sie fest an mich drückte, nahm alles wieder Formen an. Sie erwiderte meine Umarmung, weinte nicht. Ihr Gesicht war blass, sie hatte müde Augen, wie jemand, der seit Langem nicht schläft.

»Ist er tot?«, fragte sie mit ruhiger Stimme. Ich nickte weinend.

»Und er kommt nicht wieder?«

»Nein, er kommt nicht wieder«, doch noch während ich das sagte, konnte ich den Impuls nicht unterdrücken, hierhin und dorthin zu blicken, als erwartete ich wirklich, Giorgio im nächsten Moment auftauchen zu sehen. Und so blieb es viele Wochen, monatelang. Es kam vor, dass ich wider alle Vernunft einem Mann auf der Straße hinterherging, weil ich glaubte, er sei es, »*excusez-moi, je l'ai pris pour quelqu'un d'autre*«. Oder ich glaubte, ihn aus einem Auto mit verdunkelten Scheiben steigen zu sehen. Doch während in mir die Zeit zum Stillstand gekommen war und alles nur noch flüchtige Umrisse ohne eine genaue Bedeutung hatte, ging das Leben weiter. Maria hatte Hunger und Durst, und obwohl die Tatsache, dass es noch Bedürfnisse geben konnte, mir unglaublich, ja, obszön erschien, musste Maria essen und trinken.

»Wirkte Ihr Mann in letzter Zeit verändert auf Sie? Hat er je einen Selbstmordversuch unternommen oder Verhaltensweisen gezeigt, die auf eine Selbstmordabsicht hindeuten konnten?«

Das Wort *Selbstmord* hallte so viele Male in meinen Ohren wider, dass es mir irgendwann wie ein seltsames, fremdes Wort vorkam, ich zerlegte es, *Selbst-mord,* manchmal fiel es mir sogar fast nicht mehr ein.

»Mein Mann hätte sich niemals umgebracht.«

»Können Sie ausschließen, dass an dem Tag außer Ihrer Tochter jemand anderes in der Wohnung war?«

»Nein, es war niemand in der Wohnung.«

»Möglicherweise war es ein Unfall. Er ist gestürzt, als er die Gardine in Ordnung brachte, in der Hand hatte er noch die Schraube, um die Gardinenstange zu befestigen.«

»Wer würde sich umbringen, während er dabei ist, eine Gardine zu reparieren, und springt aus dem Fenster, in der Hand noch die Schraube?«, sagte ein anderer.

Ich hörte nicht zu, ich konnte kaum verstehen, was um alles in der Welt ich ihnen enthüllen sollte. Er war nicht gestoßen worden, denn niemand war in die Wohnung gekommen, da war ich ganz sicher. Er hatte sich nicht umgebracht, denn Giorgio hätte niemals zugelassen, dass ich allein mit Maria zurückblieb.

»Er wollte sie großziehen, er lebte für Maria«, wiederholte ich unerschütterlich.

Er war auch nicht gestürzt, denn wie hätte ich so etwas akzeptieren können: Dass ich für immer zum Unglück verdammt war, sollte an einem falschen Fußtritt auf einem Schemel liegen?

»Welcher Idiot stürzt aus dem Fenster, weil er eine Schraube festziehen will?«

Sie boten mir drei Versionen, eine unwahrscheinlicher als die andere.

Innerlich sperrte ich mich wütend gegen jede andere Möglichkeit als die, dass er noch lebte.

»Die Gardine war schon lange kaputt«, war meine einzige Antwort.

Am nächsten Morgen kam Nonna Adele mit dem Flugzeug in Rabat an. Das Erste, was sie sagte, als sie hereinkam, war: »Unsere Familie hat nichts getan, um das zu verdienen.« Sogar an diesem Tag war sie elegant, sie trug Perlenohrringe, und ihre grauen Haare waren im Nacken zu einem Chignon geknotet. Sie hatte keinen einzigen Koffer dabei und wusch sich in den kommenden Tagen nie. Sie roch nach Haarspray, in ihren Wimpern hing verklumpte Mascara, die ihr auf die Augen fiel wie Steinchen. Sie weinte nicht, sie lachte nicht.

»Entschuldige bitte, entschuldige bitte, entschuldige bitte!«, schrie sie von Zeit zu Zeit ins Leere.

Eines Morgens, als ich nach einer schlaflosen Nacht gerade eingeschlummert war, fand ich sie neben mir im Bett.

»Wenn ich ihn doch nur noch ein einziges Mal bei mir haben könnte«, sagte ich zu ihr, zerschlagen vom Weinen und mit schmerzenden Augen.

»Ich möchte ihn mir hier wieder reinstecken«, flüsterte sie fast lachend, sich den Bauch reibend, »damit er wieder da ist, von wo er gekommen ist.« Dann klingelte das Telefon, und sie fragte: »Ist er das? Hat er angerufen?« Noch viele Monate lang wartete sie auf seinen Anruf.

Erst neben einem so irrationalen Schmerz wie dem von Adele wurde mir mein eigener Schmerz bewusst. Die Tatsache, dass ich verzweifeln konnte, bedeutete, dass ich die Trauer annahm und mir einen Weg zur Genesung öffnete. Adele aber erholte sich nie mehr. Sie bekam die Augen einer Irren, ihre Haare wurden zu einer zerzausten Mähne um ein schlagartig gealtertes Gesicht. Sie sah aus wie ein altes Gemälde, schön, wahnsinnig, von der Zeit und dem Schmerz gerunzelt. Wenige Jahre später sollte auch sie sterben.

Maria ließ sich selten blicken, wie ein Gespenst. Sie spielte leise, ohne zu stören. In den ersten Tagen nach Giorgios Tod schien sie weder verstört noch untröstlich. Ich wusste nicht zu sagen, ob sie verstanden hatte, was geschehen war, oder ob sie noch darauf wartete, dass man sie beiseitenahm und ihr alles erklärte. »Dein Vater ist tot, dein Vater wird nie mehr wiederkommen.« Dabei war sie nicht

mehr klein, sie war neun Jahre alt, manchmal wirk
te sie älter, manchmal jünger. Sie ging ins Zimmer
von Nonna Adele, kämmte ihr die Haare, flocht ihr
Zöpfe. Adele wurde immer ungeduldiger, früher
war sie Marias Spielgefährtin gewesen, jetzt, wo
sie ertrank, wollte sie, dass alle zusammen mit ihr
untergingen. Das hielt sie für den gebührenden
Respekt. Sie war eine andere Frau geworden, nichts
war geblieben von dem, was sie vorher gewesen war

»Sag ihr, sie soll aufhören zu spielen«, befahl sie
mir manchmal.

Als Maria einmal im Flur Seilhüpfen spielte und
dazu einen Zungenbrecher sang, rannte Adele zu
ihr und attackierte sie schreiend: »Mir bluten die
Ohren! Hilfe! Sei still!«

In diesen Tagen versuchte ich, mich an glück
liche Momente zu erinnern. Nie verstand ich wa
rum, aber häufig tauchte dann eine scheinbar banale
Erinnerung auf.

Es ist seltsam, wie hartnäckig sich manche Bilder
im Geist festsetzen und über einen langen Zeitraum
immer wieder an die Oberfläche kommen, in kur
zen Abständen und zu unterschiedlichen Tages
zeiten. Sie wiederholen sich so oft, dass sie lästig
werden, wie das Lied, das man unwillentlich immer
wieder singt. Die Obsession widersteht dem Willen
so beharrlich, dass sie schließlich zu einer unver
zichtbaren Begleiterin wird.

So dachte ich immer wieder an einen ruhigen Abend, als ich in der Küche mit warmem Wasser das Salz von den Kapern wusch und Tomaten mit Petersilie in kleine Stücke schnitt. Maria wartete, dass die Badewanne sich füllte, unterdessen rieb sie sich die Haare und die Haut mit Öl ein. Später sah ich sie vor ihrem Schrank ein Kleid aussuchen, an seinem Stoff riechen und es bewundernd streicheln.

Giorgio, der auf dem Sofa saß, drehte seine neue Calabash-Pfeife in der Hand hin und her. Dann reinigte er den Holm mit einem Pfeifenreiniger.

Maria hüpfte auf ihn zu und machte eine Drehung, »sag mir, dass ich schön bin, Papa.«

Das war sie. Ihr weiß und blau kariertes Kleid hatte vorne eine Knopfreihe, die schmale Taille umspann ein Gürtel, und sie trug ein Halstuch. Ich konnte den Blick nicht von ihr wenden.

Giorgio applaudierte. »Was für eine reizende Signorina, und so ein hübsches kleines Gesicht! Zeigen Sie sich doch bitte, wir sind entzückt von Ihnen, kommen Sie doch näher!« Maria errötete und nahm Reißaus, als fürchtete sie, in ihrer Aufregung zu ertrinken. Giorgio rauchte mit langsamen Zügen, er schien heiter. Aus der Ecke beobachtete ich Maria, die tanzte und sich mit geschlossenen Augen selbst umarmte. »Möchten Sie mit mir tanzen, Mademoiselle?«, fragte sie und warf den Kopf in den Nacken.

»O ja, lass uns tanzen, mein Liebling!«, antwortete sie mit einer Verbeugung.

Nachdem ich die Erinnerungen verscheucht hatte, denn sie waren zu schmerzhaft, jetzt, da nichts davon mehr wirklich sein konnte, sah ich meine Tochter, als wäre sie eine Fremde. Sie erschien mir zu schön, um meine Tochter zu sein, ich erkannte in ihr nichts von mir wieder. Nicht in ihren Augen, nicht im Mund, nicht in ihrer scheinbaren Ruhe.

Wir saßen beim Essen, als Maria plötzlich in munterem Ton vorschlug, einen großen Sarg mit drei Plätzen für die ganze Familie zu kaufen. Ich war entsetzt. Sie plante den Kauf eines Familiengrabs, als handelte es sich um ein Häuschen am Meer. Es schien, als wäre die Welt des Todes ihr vertraut, sie hatte eine Leichtigkeit, die ihr noch immer erlaubte zu lachen und Späße zu machen.

Doch ihre Ruhe sollte eines Tages verloren gehen und damit auch die Illusion, dass sie ein normales Leben führen konnte.

Denn etwa ein Jahr später wurde meine Tochter unverträglich, streitsüchtig, negativ und unfähig, mit anderen Menschen zusammen zu sein. Es gab Zeiten, in denen sie ihre unglücklichen Tage allein im dunklen Zimmer verbrachte.

Ich ging im Flur auf und ab, legte ein Ohr an ihre Zimmertür, um zu hören, wo sie sich befand.

Manchmal spähte ich durchs Schlüsselloch. Maria war nichts als ein Haufen Decken, aus denen ein schlaffer weißer Fuß hervorschaute.

Als wollte sie niemandem begegnen, kam sie manchmal nachts gebückt aus ihrem Zimmer und ging auf den Balkon. Das weiße Nachthemd, die bloßen Füße. Ich öffnete meine Tür und beobachtete sie, leise atmend, damit sie mich nicht entdeckte. Der hoch am Himmel stehende Mond beleuchtete das Porzellanweiß ihrer Haut. Sie pflückte eine Glockenblume aus dem Topf, mal tanzte sie, mal weinte sie. Dann zerkratzte sie sich das Gesicht mit den Fingernägeln. Am nächsten Morgen lief ich auf den Balkon, um zu sehen, ob sie Spuren hinterlassen hatte. Ich fand den Schwanz einer Eidechse, der sich unter dem Topf mit den Rosen noch bewegte, und hinter den Geranien die Blüte einer ausgerissenen Blume. Manchmal blieb Maria im Bett und kam auch nachts nicht heraus. Viele Stunden lang stand ich vor ihrer Tür, sehnte mich danach, mit ihr zu sprechen oder nur ihre Hand zu streicheln. Sie weinte verzweifelt, erstickte die Schreie, indem sie sich das Kissen auf den Mund legte. Mit geschlossenen Augen stellte ich mir den ovalen Umriss ihres Gesichts vor, den grazilen Hals und ihren Blumenduft. Ich hätte sie gern an die Hand genommen und in die Via Margutta gebracht, hätte ihr gern den Efeu gezeigt, der die Mauern überwucherte, das hellblau verkleidete Tor zu meiner Galerie und den Grafitstaub, der sich in den Haaren festsetzt. Sie wusste, dass ich vor ihrer Tür stand. Ich wartete darauf, dass sie mich bitten würde, zu ihr ins Bett zu kommen. Dann hätte ich sie mit meinen Beinen und Armen umschlungen, aber ich wagte nicht einzutreten. Also verbarg ich manchmal das Gesicht zwischen meinen Knien und weinte auch, laut schluchzend, damit sie sich nicht allein fühlte.

Eine Familie voller Liebe

Heute weht ein kalter Wind in Rabat. Die Palmen biegen sich auf der Allee, eine Frau hält den Schleier fest, der ihren Kopf bedeckt, und geht schnell, mit gesenktem Kopf, offenem Mund und angespannten Zügen. Die Kinder bleiben während der Pause im Schulgebäude, denn im Garten könnte der Kies von der ersten Windbö in die Luft gewirbelt werden und ihnen in die Augen fliegen. Sie haben eine Rennbahn auf ein großes Stück Karton gemalt, ein Kind lässt seine Murmel darüberrollen, ein anderes schnippt einen Flaschenkorken auf das Ziel zu. Manche tauschen Bildchen, andere haben ihr Pausenbrot aufgegessen und sind noch immer hungrig, ein paar zanken, wieder andere lachen übereinander. Silvia folgt der Lehrerin ins Lehrerzimmer. Es ist ein kahler Raum mit Schreibtischen aus Glasfaserkunststoff und kalkweißen Wänden. Hinter der halb geöffneten Tür lehnen ein Besen und eine Schaufel an der Wand, auf dem Boden liegen ein paar Stücke Verputz, die sich aus einer Ecke der Wand gelöst haben, obwohl sie frisch gestrichen scheint. Im Zimmer sitzt schon eine Frau, die Haare zu einem straffen Pferdeschwanz gebunden, große blaue Augen, fleischige Lippen und sanfte Gesichtszüge. Sie trägt ein beiges Kostüm und fleischfarbene Strümpfe mit einer feinen Laufmasche über dem Knöchel. Ihre Waden sind kräftig und rund.

»Bitte sehr, Signora Silvia, ich darf Ihnen die Psychologin Signora Morel vorstellen«, sagt die Lehrerin.

»Danke, Signora Picard. Angenehm, Signora Morel.«

»Guten Abend«, sagt die Psychologin und drückt ihr herzlich beide Hände, »bitte, setzen Sie sich doch.« Ihr Lächeln ist sehr freundlich, zwei kleine Grübchen in den Wangen lassen sie jünger erscheinen.

»Wie ich Ihnen schon andeutete, Signora Silvia, haben sich Marias schulische Leistungen deutlich verschlechtert. Hinzu kommen zunehmende Konzentrationsschwierigkeiten und Anzeichen von ungerechtfertigter Aggressivität und Verschlossenheit. Ich berichtete Ihnen außerdem von häufigen Kopfschmerzen«, sagt die Lehrerin und trommelt dabei mit den Fingern auf die Mappe, die auf ihren Knien liegt.

»Zu Hause hat sie nie Kopfschmerzen.«

»Zu unserem Programm gehören, wie Sie wissen, Klassentreffen und Einzelstunden zwischen den Schülern und den Psychologen. Signora Morel hat Maria untersucht, und ...«, hebt Signora Picard wieder an.

»Im Verlauf dieser Sitzungen ...«, fährt Signora Morel fort, dann bricht sie ab, als wollte sie nicht direkt zum Punkt kommen, sondern ihn erst eine Weile umkreisen, »wir verstehen, Signora, dass es schwer zu akzeptieren ist, wenn ... nun, manchmal möchte man Dinge, die man vor Augen hat, nicht wahrhaben, das ist normal. Maria scheint außerordentlich ernste Schwierigkeiten zu haben und zu leiden. Neulich hat sie sich mit dem Bleistift in die Brust gestochen, manchmal fügt sie sich selbst sogar schwere Verletzungen zu.«

Mehrmals spricht die Psychologin Marias Namen aus. Es bereitet Silvia Unbehagen, wie sie das »r« mit der typischen labiodentalen Vibration der Franzosen ausspricht. Manchmal, nicht immer, nennt sie sie *Marià* oder sogar *Marie,* als wollte sie den Eindruck erwecken, zwischen ihr und der Schülerin bestehe ein besonderes Vertrauensverhältnis.

»Von wie vielen Sitzungen ist die Rede?«

»Nun, Signora Morel besucht unsere Schule mit einer gewissen Regelmäßigkeit.«

»Wie viele Sitzungen?«

»Es gab zwei Einzelgespräche.«

»Verstehen Sie, das Mädchen befolgt die Regeln der Klasse nicht, sie sondert sich zu oft ab, klagt über Bauchschmerzen.«

»Ich verstehe sehr gut. Es gibt mehr oder weniger schwierige Kinder, mehr oder weniger unruhige Kinder. Maria ist manchmal aggressiv, das stimmt, aber normalerweise ist sie ein sehr zartfühlendes Mädchen. Und intelligent.«

»Intelligent ist sie, auf jeden Fall.«

»Wissen Sie, Signora, was uns am meisten Sorgen macht, ist, dass Maria ... wie soll ich sagen, es ist nicht üblich, dass Kinder in diesem Alter derartige Spiele spielen.«

»Spiele welcher Art? Erklären Sie das genauer.«

»Es könnte ein Spiel wie jedes andere sein, missverstehen Sie uns bitte nicht. Doch wenn gewisse Dinge passieren, sollte man sich befragen. Zum Beispiel hat sie mehrmals versucht, die Lehrerin oder ihre Klassenkameraden im Intimbereich anzufassen.«

»Das bestätige ich.«

»Ihre Mitschüler reagieren verlegen darauf, bei manchen weckt es Neugierde. Andere beklagen sich darüber. Sie tut das recht häufig, sie scheint von diesem Bereich geradezu besessen, verstehen Sie?«

»Ich werde ihr sagen, dass sie es nicht mehr tun soll. Es ist nichts Schamloses dabei, es ist nur ein Spiel. Sie ist ein neugieriges Kind.«

»Signora Silvia, wer lebt mit Maria zusammen?«

»Nur ich und mein Mann.«

»Sonst niemand?«

»Manchmal kommt die Großmutter zu Besuch, in der übrigen Zeit sind wir zu dritt. Mein Mann arbeitet viel, und ich verbringe die meiste Zeit mit Maria. Worauf wollen Sie eigentlich hinaus, Signora Morel?«

»Ich frage Sie, ob Sie sicher sind, dass Ihrer Tochter im Haus oder außerhalb des Hauses keine Gefahr droht.«

»Wie kann ich sicher sein, dass meiner Tochter keine Gefahr droht?«

»Verstehen Sie, was ich meine? Ob sie in der Umgebung, in der sie sich aufhält, nicht das Objekt falscher Aufmerksamkeiten seitens Erwachsener sein könnte?«

»Ich dachte mir schon, dass sie genau darauf hinauswollten! Glauben Sie denn, dass ich das nicht bemerken würde? Glauben Sie nicht, dass ich die Erste bin, die sich um die psychische und physische Gesundheit meiner Tochter kümmert? Ich beantworte Ihre Frage und hoffe, es ist die letzte: Ich schließe aus, dass Maria Objekt derartiger Aufmerksamkeiten gewesen ist. Wir gehen wenig aus dem Haus, unsere Familie ist heil, hält zusammen und ist voller Liebe.«

Silvia steht nervös vom Stuhl auf, nimmt ihre Handtasche vom Boden und geht zur Tür.

»Beruhigen Sie sich, Signora, wir versuchen doch nur ...«

»Sie sollten vorsichtig sein, sehr vorsichtig. Schämen sollten Sie sich! Zu unterstellen, dass ... und dann stehen die Sozialdienste vor deiner Tür! Wenn Sie sehen könnten, was für eine Familie wir sind, so eine Familie kann ich Ihnen nur wünschen!«

»Wir wollten gar nichts unterstellen, wir haben den allergrößten Respekt vor Ihnen und Ihrer Familie.«

»Wir haben uns nur ein paar Fragen gestellt, weil das Verhalten Ihrer Tochter uns Sorgen macht.«

»Es gehört zu unserem Beruf, uns Sorgen zu machen.«

»Ich gehe jetzt. Ich möchte nicht, dass meine Tochter ohne meine Erlaubnis noch einmal befragt wird. Und das nächste Mal sprechen Sie mit meinem Mann.«

»Auf Wiedersehen, Signora Silvia.«

»Eine Unverschämtheit ist das.«

»Auf Wiedersehen.«

Die Psychologin steht auf und geht auf Silvia zu. Als folgte sie einem Drehbuch, verabschiedet sie sich wieder, indem sie ihr herzlich beide Hände drückt. Ihr Blick ist immer noch sehr freundlich. Wenn sie lächelt, erscheinen die Grübchen auf ihren Wangen.

Mündchen

»Das ist ja wirklich schön.«

»Gefällt es dir?«

»Es ist fantastisch.«

»Ja? Das freut mich.«

»Aber das bin ich nicht.«

»Doch, das bist du. Wieso nicht?«

»Ich bin nicht so schön.«

»Du bist nicht schön, ist das dein Ernst?«

»Hübsch, ja, aber so nicht.«

»Deine Mama kann dir sagen, wie schön du bist.«

Ich nicke. Antonio mustert mich, dann sieht er Maria liebevoll an. Wieder wendet er mir seine Augen zu, sie sind müde und verwirrt, um dann abermals meine Tochter anzublicken, bemüht, eine gewisse Erregung zu verbergen. Ich habe das Gefühl, dass er sie gerne anfassen würde.

»Wenn Mama das sagt, kann ich es nicht glauben.«

»Warum nicht?«

»Es heißt doch, Liebe macht blind. Mutterliebe besonders.«

»Ich glaube nicht, dass das stimmt.«

»Doch, es stimmt. Volksweisheiten irren sich nie.«

»Dann hör dir das hier an. Es geht um eine Russin, eine alleinerziehende Mutter dreier Kinder. Das ist erst vor Kurzem passiert. Also, diese liebevolle Mama hat es abgelehnt, ihre behinderte Tochter großzuziehen. Das stand in der Zeitung!«

»Was?!«

»Eine Rabenmutter.«

»Und wollt ihr wissen, was sie gesagt hat?«

»Erzähl!«

»Sie ist zu hässlich, ohne plastische Chirurgie nehme ich sie nicht.«

»Was für ein Ungeheuer!«

»Wer, die Tochter?«

»Dummkopf.«

»Die Mutter, die Mutter. Eine Monstermutter.«

»Sie ist weiß Gott nicht die Einzige.«

»Töchter ... in vielen Ländern ist es ein großes Problem, wenn sie hässlich sind.«

»Als Frau stehst du immer allein da.«

»Aber auch in Italien wurden bis vor fünfzig Jahren Töchter verstoßen, nur weil sie Mädchen waren.«

»Infibulation, Vergewaltigung.«

»Was ist Infibulation?«

»Jedenfalls steht außer Frage, dass du sehr schön bist, Maria. Stimmt doch, Silvia, oder?«

»Wenn du wüsstest, wie oft ich ihr das sage.«

Maria sieht mich strahlend an. Dann mustert sie ihre Figur, die sich in der Tür der Anrichte spiegelt. Sie ist zufrieden und versucht, einen Hauch narzisstischer Verlegenheit zu verbergen. Sie lacht wie jemand, der sich beobachtet fühlt. Beugt den Kopf auf unnatürliche Weise zur Seite und wiegt sich geschmeidig in den Hüften, wobei sie dafür sorgt, dass von Zeit zu Zeit ein nackter Oberschenkel zu sehen ist.

»Gib das Porträt mal her, ich möchte es auch sehen«, sage ich, beuge mich zu meiner Tochter vor und streife über ihre kalten Fingerspitzen. Ich erstarre: Maria halb nackt auf einem Sofa liegend, der Gesichtsausdruck heiter, keine Spur von Verstörung. Sie strahlt eine engelsgleiche Ruhe aus und scheint gerade erst aus einem tiefen Schlaf erwacht. Die Haare zerzaust, ein Arm mit Bedacht hinter den Kopf gelegt, und die winzigen, ausreichend gerundeten Brüste stolz den Bewunderern vorgezeigt. Der schmachtende Blick scheint den Betrachter zum Genießen einzuladen, die Augen möchten unschuldig wirken, kindlich und arglos, trotzdem hat man den Eindruck, dass für Sekunden ein schmutziger Gedanke in ihrem Gesicht aufblitzt. Das zerknitterte

Kleidchen ist wie ein Lappen nachlässig über den Bauch gelegt, um ihn zu bedecken. Die Unterhose hat hier und da ein paar Blümchen, und mein schreckliches Mädchen zieht tatsächlich mit einem Finger am Gummibund. Das Mündchen steht halb offen, wie spielerisch, das Näschen ist hochgereckt, eine schläfrige Harmonie aus Herausforderung und Erwartung. Der Körper ist jung und frech, die Haut weiß, die Hinterbacken stramm.

»Na, wie findest du es?«

»Stimmt, ein nettes Bild.«

»Ein nettes Bild? Nett, mehr nicht?«

»Reicht dir nett nicht? Es ist eine kleine Skizze.«

»Aber kannst du es dir auf Leinwand vorstellen? Denk nur, wie monumental das im Format hundertsechzig mal achtzig wirken wird! Wir könnten es in der Galerie ausstellen, an der Wand vor dem Eingang, statt der *Römischen Trilogie.*«

»Du übertreibst.«

»Ich übertreibe? Aber hast du es dir richtig angesehen? Es ist überwältigend! Was meinst du, wie das mit meinem raffinierten Pinselstrich gewinnt! Ich habe das Gefühl, es könnte eines meiner besten Bilder werden. Das Porträt scheint zu sprechen. Die Intimität des narrativen Tons teilt sich sehr gut mit.«

»Na ja.«

»Eine Venus. Und die Umrisse der Umgebung

bilden einen Zylinder, siehst du das? Wie ein Fernrohr, das ist der Maler mit seinem aufdringlichen Blick, der Voyeurismus des Künstlers.«

»Nett scheint mir noch zu viel. Ich sage dir ganz ehrlich, im Grunde ist es ein ziemlich minderwertiges Bild. Deinen typischen weichen, in gewisser Weise träumerischen Strich erkenne ich hier wirklich nicht wieder. Du hast hier eine konventionelle Sprache benutzt, die Linien sind flach und kantig.«

»Nett scheint dir noch zu viel?«

»Es sagt nicht mehr aus als das, was es ist.«

Maria beobachtet mich mit geradezu gekränkter Miene. Antonios Lippen sind zusammengekniffen, er scheint eine beleidigende Bemerkung zurückzuhalten. Als er meine Tochter ansieht, werden seine Züge weicher. Die beiden kommunizieren lautlos, fast unmerklich hebt sie eine Augenbraue und schüttelt den Kopf, er deutet ein Lächeln an. Ihre Körpersprache drückt eine Verbundenheit aus, die ich nicht verstehen kann. Ich bin draußen, so fühle ich mich, als beobachtete ich sie von oben, durch den Türspion, vom Balkon gegenüber. Antonio merkt, dass ich ihn anstarre, und fängt an, durchs Wohnzimmer zu laufen, als müsste er seinen Zorn abreagieren. Manchmal bleibt er stehen, um einzelne Designobjekte zu untersuchen, fährt nervös mit den Fingern darüber und murmelt: »Das ist ein Jolly Roger, wahrhaftig nicht eins seiner besten

Stücke! Und das eine Philippe Starck, aus der Flos-Kollektion.«

Er streichelt das niedrige Möbel mit den strengen Linien, verweilt bei den fein ziselierten, bronzenen Verzierungen.

Auf dem Aktenschrank aus Mahagoni steht ein altes Foto, Maria ist noch klein, fünf oder sechs wird sie damals gewesen sein, sie hat ein Beinchen im Steigbügel und die Hand auf dem Sattel, um sich hochzuziehen. An der Wand hängt ein Druck von Monet, *Seerosenteich und japanische Brücke,* und vor dem Fenster sind nach diesem ewigen blauen Himmel endlich Wolken. Geschmeidig wie eine Katze steht Maria auf und geht zu Antonio. Er kneift die Augen zu schmalen Schlitzen zusammen, doch schläfrig wirkt er nicht, er scheint eher zu träumen. Jetzt möchte er lächeln, ich erkenne es daran, wie er das Zucken der Mundwinkel zurückhält, und immer wieder wandern seine Augen zu Maria.

»Für mich ist es ein wunderschönes Bild, Antonio«, sagt sie.

»Mir gefällt es auch, aber im Grunde ist es ja nur eine Skizze«, bemerkt er als Erwiderung auf mich und dreht sich steif zu mir um.

»Du wirst es noch einmal malen. Genügt dir die Skizze, oder möchtest du, dass ich dir noch einmal Modell stehe?«

»Du müsstest dabei sein, wenn ich einen Blick

brauche oder einen besonderen Ausdruck einfangen muss.«

»Aber erwarte nicht, dass ich nackt bin!«

»Nein.«

»Du bist mit der bloßen Vorstellung ja auch ganz gut zurechtgekommen.«

»Ich bin ein Künstler, die Vorstellung ist mein Beruf.«

»Kannst du dir alles immer so gut vorstellen?«

»Nur wenn ich inspiriert bin.«

»Dann bin ich so was wie eine Muse.«

»O ja, eine kindliche Muse.«

»Von wegen kindlich, hast du vorhin nicht gesagt, dass ich ein junges Mädchen bin?«

»Das sagt man so.«

»Ich bin fast schon eine Frau, die Leute sagen, dass ich älter aussehe, als ich bin.«

»Sei nicht zu stolz darauf, denn wenn du heranwächst, möchtest du wieder in die Vergangenheit zurück.«

»Möchtest du wieder zurück?«

»Manchmal.«

»Möchtest du wieder dreizehn sein?«

»Eher ein bisschen älter.«

»Warst du glücklich?«

»Ich erinnere mich nicht, ich glaube, ich war nie besonders glücklich.«

»Mit Mama bist du nicht glücklich?«

Antonio mustert mich von Weitem, es scheint, als habe er mich eine Zeit lang ganz vergessen.

»Aber sicher doch. Weißt du, Maria, ich denke, theoretisch kann man zwei Arten von Glücklichsein unterscheiden: ein momentanes Glück, das mit der Befriedigung von Bedürfnissen und Antrieben zusammenhängt, und ein unendliches, maßloses Glück als dauernden Zustand. Aber diese zweite Art gibt es nicht, glaube ich. Es ist etwas, wonach der Mensch von Natur aus trachtet, aber führt nicht allein schon das Wissen, dass dieser Glückszustand unerreichbar ist, zu einem chronischen Unglücklichsein?«

»Jetzt fängt er auch noch mit Leopardis Pessimismus an!«, rufe ich in das Gespräch der beiden hinein, »weißt du, wie viele andere Arten von Glück es gibt?«

»Wie viele denn?«, fragt Maria, es klingt genervt.

»Für Sokrates zum Beispiel braucht der Mensch recht wenig, um glücklich zu sein, vorausgesetzt, er beschäftigt sich mit dem, was er selbst erkennen kann.«

»Ja, weil es seiner Meinung nach genügt, nicht gegen die Natur zu handeln, um glücklich zu sein. Ein bisschen wie bei Platon.«

»Dann ist da Epikur, demzufolge das Glück in der Abwesenheit von Schmerz besteht.«

»Ich glaube nicht, dass es so einfach ist. Glück ist viel mehr!«, ruft Maria aus.

»Meiner Meinung nach ist das eine Banalität«, erwidert Antonio.

Schon wieder sind wir an diesem Tag nicht einer Meinung. Das passiert selten, vielleicht ist es noch nie vorgekommen.

»Mich überzeugt das auch nicht«, sagt Maria in gereiztem Ton. »Wir reden doch über eine ganz andere Art von Glück, oder? Wenn ich keinen Schmerz spüre, spüre ich keinen Schmerz und basta, aber es ist überhaupt nicht gesagt, dass ich in dem Moment glücklich bin. Und auch wenn ich alles Lebensnotwendige habe – wie viele Menschen gibt es, die alles besitzen und trotzdem unglücklich sind? Ich glaube, das Glück trägt man in sich.«

»Das ist mal eine These.«

»Und wenn man es in sich hat, hat man es auch dann noch, wenn schlimme Dinge passieren. Wenn man es aber nicht hat, tja, dann kann alles wunderbar sein, aber es hilft nichts, man ist einfach nicht glücklich.«

Antonio und meine Tochter wechseln einen Blick voller Verständnis, sie lächelt zufrieden und schaut ihn entschlossen an, ohne mit der Wimper zu zucken. Sie stehen nebeneinander, ihre nackten Arme streifen sich, dann entfernen sie sich ein wenig voneinander, um sich gleich wieder anzunähern, als wäre das Bedürfnis nach körperlichem Kontakt unwiderstehlich. Sie dreht sich leicht zu ihm hin, betrachtet ihn mit gespielter Schüchternheit von unten. Sie lächelt, kräuselt die Nase, und ich beobachte sie bei ihren diabolischen Zaubereien. Der glatte, weiße Hals, die nackten Schulterblätter, die rosa Haut der Heranwachsenden. Er spricht mit ihr, was sagt er?, und während sie zuhört, fährt sie sich unbewusst mit der Zunge über die geschwollenen Lippen. Sie gestikuliert, ergreift seinen Arm mit ihren schmalen, geschickten Händen. Er bebt, betrachtet ihre wendigen, nackten Füße, die sich auf die Zehenspitzen stellen.

»Komm, ich zeig dir was«, sagt sie, setzt eine grausam gerissene Miene auf und zieht an seinem Ärmel. Seine Füße bleiben fest auf dem Teppich stehen, er wirkt unbeholfen.

»Komm schon, ich zeige dir alle Bücher, die ich gelesen habe. Es sind viele«, drängt sie mit einem nachdrücklichen Stimmchen und einer Unschuld, die jeden entwaffnen würde.

»Ich komme ja«, antwortet er flüsternd, er schwankt. Und während sie ihm vorausgeht, kann er nicht anders, als die kleinen Hinterbacken zu sehen, die bei jedem Schritt prall werden, erst die eine, dann die andere, fest wie unreife Melonen unter dem nicht existenten, durchsichtigen Kleidchen, das nur dazu dient, mit einem raffinierten Zauber zu umgeben, was an sich schon so schön ist. Maria weiß, dass er sie betrachtet, und weil sie seinen Blick genießt, möchte sie ihm ein Schauspiel bieten. Plötzlich bückt sie sich, ohne Antonio Zeit zum Anhalten zu geben, und prompt stößt er gegen ihre Hüften.

»Sie muss mir runtergefallen sein, aber ich finde sie nicht!«

»Was hast du verloren?«, grunzt er, hingerissen von den Bewegungen ihres kleinen Hinterns. Man sieht die Unterhose, mit Schleifchen geschmückt, als wäre sie wirklich ein Geschenk. Maria bewegt sich nach rechts und links, das Kleidchen schwingt hin und her, während sie zwischen den Teppichen etwas sucht.

»Die Haarspange! Vielleicht ist sie hier«, erklärt sie und bückt sich tief genug, um schamlos ihre Beine zu entblößen, wobei sie weiter mit den Hüften schwingt wie eine kleine Nutte. Dann sieht sie mich an, ihr Gesichtsausdruck ist offen, die Augen belustigt und berechnend.

»Alles klar, ich hab sie gefunden!«, jubelt sie, schließt die Faust um nichts und tut so, als verberge sich ihre Spange darin.

»Gut!«

»Diese Spange ist mir sehr wichtig, weißt du, die hat mir Mama geschenkt. Denn ich habe ja sehr lange Haare, du hast meine Haare doch gesehen, oder? Die sind immer überall im Weg, ich stolpere fast darüber. Aber sie sind schön, und ich will sie nicht abschneiden lassen.«

»Und ob sie schön sind!«

»Und so weich, willst du mal anfassen?«

Ohne zu zögern, streckt er eine Hand nach Marias Kopf aus. Noch immer leicht gebückt, führt sie seine Hand auf ihre Stirn, zwischen die Haare, auf den Nacken.

»Ich hab es gern, wenn man meine Haare anfasst«, sagt sie mit dem Gehabe einer maliziösen kleinen Hexe. Er zittert fast, umgarnt vom perfiden Spielchen meiner Tochter. Als sie dicht an ihn herantritt, legt er die andere Hand unwillkürlich auf ihre knochige Hüfte. Maria zieht ihn in den Flur. Sein Blick ist nicht wiederzuerkennen, er scheint nicht mehr mein Antonio zu sein.

»*La ragazza di Bube*, eins meiner absoluten Lieblingsbücher, siehst du es da oben stehen? Das hier ist mein Bücherregal, Mama hat nie viel gelesen, Papa eher Mythologie und historische Sachbücher. Meine Großmutter Adele aber, die hat gelesen, und ob. Ah, das hier ist ein Meisterwerk, siehst du, im dritten Regal von oben? *Das Ende der Ewigkeit*, Asimov. Und *Ansichten eines Clowns*! Wo du dir am Anfang sagst: ›Muss ich dieses Buch wirklich lesen?‹, aber dann liest du weiter und kommst an einen Punkt, wo du nicht mehr aufhören willst.«

»Mir gefällt das da, *Der Prozess*.«

»Wie langweilig.«

Antonio, der diese Reaktion nicht erwartet hat, scheint enttäuscht.

»Stimmt, es ist wirklich ein bisschen langweilig. *Das Schloss* von Kafka ist viel besser.«

»Tausendmal besser!«

»Woher weißt du das bloß alles?«

»Ich lese andauernd. Jeden Tag, ehrlich gesagt, tu ich nichts anderes. Aber manche Sachen lesen, nee, dann schon lieber sterben! Zum Beispiel diesen Sartre.«

»Sartre ist aber einer der Großen der Literatur.«

»Wer entscheidet das denn? Ich sage: dann lieber sterben!«

»Er wird ein wenig überschätzt, ja.« Antonio lässt sich aus Liebe zu dem Mädchen sogar dazu hinreißen, die Verdienste des armen Jean-Paul zu schmälern. »Die Erzählungen sind auf jeden Fall besser als seine Romane. Und das hier, bist du das, als du klein warst?« Antonio nimmt einen kleinen silbernen Rahmen aus dem Bücherregal und macht mit zusammengekniffenen Augen eine gerührte Miene.

»Ja, da hab ich's mir am Meer richtig gut gehen lassen. Ist nicht lange her, ein oder zwei Jahre vielleicht«, erzählt Maria. Ihre Beine berühren seine.

Ich spreche nicht, und niemand kümmert sich um meine Gegenwart, weil ich nicht existiere. Mich gibt es nicht, außer in einer Vergangenheit voll schöner und entsetzlicher Erinnerungen gleichzeitig, der ich ganz und gar angehöre, so empfinde ich es. Hier und jetzt dagegen gehört nichts mehr zu mir.

»Du warst braun gebrannt.«

»Ich werde richtig dunkelbraun, weißt du?«

»Es mag auch der weiße Badeanzug sein, der dich so braun erscheinen lässt.«

»Ja, der bildet einen Kontrast, aber du müsstest mich mal sehen!«

»Und wo warst du damals?«

»In Santa Marinella vielleicht.«

»Es ist schön in Santa Marinella!«

»Na ja, es gibt einen kleinen Strand voller Steine, und bei jedem Schritt, sogar mit Schuhen, können sie dir in die Füße schneiden. Aber hier, dieses Foto wurde in Sizilien gemacht.«

»Unter einer Pergola mit Weinlaub und Bougainvillea.«

»Wie alt warst du da?«

»Zwölf, meine ich.«

»Du warst schon sehr hübsch, weißt du das? Eine richtige kleine Frau.«

Antonio geht zum Couchtisch, greift die Flasche am Hals und stößt sie nachlässig gegen die gläserne Tischplatte: »Pardon!« Seine Hände zittern, aus Ungeduld oder Betrunkenheit, seine zerfahrenen Bewegungen sind die eines Menschen, der nicht auf seine Umgebung achtet. Mir gegenüber zeigt er weder Respekt noch irgendeine Anteilnahme. Er blickt mich an, ohne mich zu sehen, ein paar Sekunden lang starrt er auf einen unbestimmten Punkt zwischen meinen Augen. Er meidet mich, als wäre ich ein Hindernis, ein altes Möbelstück mitten im Zimmer, das in eine Ecke oder in den Keller gestellt werden müsste.

»Es ist fast dunkel draußen«, sage ich schüchtern, obwohl ein blassrotes Licht durch das Fenster fällt, das, wie jeder Sonnenuntergang, zum ersten und zum letzten Mal betrachtet werden will.

»Möchtest du noch etwas?«, fragt Antonio in Richtung Maria. Seine Stimme ist hart und heiser vom Alkohol.

»Ich glaube, für heute ist es genug«, schalte ich mich ein, und wieder klingt meine Stimme so schwach und unsicher, dass ich nicht sicher bin, ob ich gehört wurde. Ich habe Angst, dass sie nicht auf mich achten, auch wenn sie mich hören können, und dass ich dann meine beschämten Mutterworte einsammeln muss, die ohne Antwort an den Wänden abgeprallt sind und in dieser mit Möbeln vollgestopften Wohnung, inmitten von achtlosen Gesten, als Kränkungen zu mir zurückkommen. Ich habe Angst, dass ich wirklich unbedeutend bin, dass ich keine einzige Rolle mehr habe, dass ich mich höflich in mein Zimmer verziehen und die Tür schließen müsste, um geschehen zu lassen, was mittlerweile, davon bin ich überzeugt, nicht mehr nur in meinem verwirrten Kopf geschieht.

»Ich nehme noch einen Schluck, Antonio«, antwortet Maria, und während sie spricht, schäme ich mich für alles, an das ich mich erinnere und das ich bereue, ich schäme mich sogar, der Mensch zu sein, der ich bin, und möchte mich in einem Loch verkriechen, in die Arme eines Papas werfen (habe ich je einen Vater gehabt?), an die warme Brust einer Mutter (erinnere ich mich an sie? Nur an die Blässe eines Arms, der aus dem Bett kommt, erinnere ich mich, und ich weiß nicht einmal, ob sie in diesem Erinnerungsbild noch lebt oder schon tot ist). Ich möchte jemandem die Schuld geben können, ich möchte jung und schön sein, noch alles lernen müssen und noch keinen einzigen Fehler gemacht haben. Ich möchte angehört werden, diesen unseligen Arm packen können, der meiner kleinen Tochter noch mehr Wein einschenkt, allen Mut in meinen Händen versammeln und den Arm brechen. Meiner Tochter befehlen, sofort zu gehen, eins, zwei, drei, und sich bis zum nächsten Morgen nicht mehr blicken zu lassen. Die Angst in ihren Augen sehen und dann die Tränen ihrer Bitten um Entschuldigung genießen. Stattdessen fürchte ich, nein, ich bin fast sicher, dass jedes meiner Worte hohl klingen, dumm an den Wänden abprallen wird oder, wenn es zufällig laut gesprochen werden sollte, wie eine lästige Störung wahrgenommen werden wird, ein Affront, eine Majestätsbeleidigung, und dass die beiden sich noch enger gegen mich verbünden, dass sie mich auslachen, mich noch mehr, als ich es ohnehin schon bin, als Mensch ohne Daseinsberechtigung behandeln werden. Ich fange Marias frechen Blick auf, während sie geräuschvoll den Wein schlürft und kokett lacht.

»So weiße Schenkel«, höre ich leise sagen.

Ich drehe mich um und mustere Antonio. Er hat tiefe Augenringe und schlaffe Haut. Er wirkt alt. Plötzlich fällt mir der reglose Körper meines Mannes wieder ein. Diese gleichgültige, fast heitere Miene, verdüstert nur vom Grau der ausblutenden Venen. Und dann wieder im Sessel sitzend, wo er aufmerksam in einem Essay von Norberto Bobbio blättert. Er nimmt seine Brille von der Nase und haucht langsam auf die Gläser. Säubert sie mit einem Zipfel seines Morgenrocks, desselben Morgenrocks, mit dem er aus dem Fenster stürzt und auf der Straße stirbt.

Durch die Gardinen fällt jetzt ein schwaches, bleiches Licht.

»Ich hasse diese Wohnung«, sagt Maria, und ich spüre, wie ihr Hass sich gegen mich richtet, während sie mich ernst betrachtet, den müden Umrissen meines Körpers folgt und Abneigung empfindet, meinen eifersüchtigen, erschrockenen? Blick kreuzt und Mitleid empfindet. Doch es ist ein Mitleid ohne Liebe, ohne einen Hauch von Mitgefühl, ohne jede Zärtlichkeit, es ist eher Widerwillen als Mitleid, kaum verhehlte Verachtung, der Wunsch, sich so weit wie möglich von dem, was ich bin, ihrer Mutter, zu entfernen. Maria macht einen kleinen Schritt an der Wand entlang und fährt mit einem Finger über die Tapete, um zu kontrollieren, ob sie staubig ist. Ich blicke aus dem Fenster und sehe einen Mann, der durch die Straße davongeht. Einen Augenblick lang herrscht eine so tiefe Stille, dass ich das Geräusch seiner Schritte auf dem Kies höre. Die Stille herrscht nicht nur um mich herum, sie kommt aus meinem Inneren und lähmt mich. Ich selbst bin diese Stille. Die Zypresse schwankt, wird vom Wind zerzaust. Antonio nähert sich wieder Maria. Sie spielt mit ihrer Stimme, ihrem Körper, dreht sich, wendet sich, lächelt, bezaubert, verstört ein bisschen und fesselt, wie nur sie fesseln kann. Er spricht mit ihr, streift dabei mit seiner Wange ihre Haare. Siegreich und fröhlich weicht sie zurück, nähert sich dann wieder. Als sie sieht, dass ich sie beobachte, ruft sie ihn übertrieben laut zu sich.

»Und das hier?«

»Da waren wir in Maâmora.«

»Maâmora?«

»Das ist ein Wald in Marokko.«

Ich erinnere mich ganz genau an diesen Tag.

Der Wald von Maâmora liegt etwa dreißig Kilometer nordöstlich von Rabat und wird von den Flüssen Sebou und Bou-Regreg umschlossen. Es gibt dort unermesslich viele Korkeichen, Eukalyptusbäume und auch ein paar wilde Birnbäume, die bis zu fünfzehn Meter groß werden können und im Frühling voller weißer Blüten sind. Im Winter kann man an den kleinen Seen, die eher Tümpeln gleichen, weiße Schwäne oder graue Kraniche beobachten. Im Sommer sieht man den gefleckten Fliegenschnäpper zwischen den Korkeichen umherflattern. Wendig springt er von Ast zu Ast. Sein Körper ist klein, der lange Schwanz hat silbrige Streifen. Auffällig ist der Gegensatz zwischen dem plumpen, grauen Körper und dem majestätischen Schwanz.

Eines Tages sah ich einen solchen Vogel wachsam auf einem hohen Ast lauern, um sich dann von dort oben auf einen armen Schmetterling zu stürzen und ihn gegen den Baumstamm zu schmettern, bis er betäubt war. Das tat er mit einer unglaublichen Eleganz, sodass es aussah, als würden die beiden Tiere tanzen, nicht wie ein Vogel, der sich seine Mahlzeit zubereitet.

An dem Morgen, den ich in Erinnerung behalten habe, machten wir einen Ausflug nach Maâmora. Es war Giorgios Geburtstag, aber er mochte keine großen Feierlichkeiten, lieber fuhr er aus der Stadt an einen ruhigen Ort.

Er liebte die Natur über alles, kannte die Namen aller Pflanzen und Blumen. Plötzlich blickte er in die Ferne, dem Laut eines Tiers folgend, dann sagte er: »Siehst du es, Maria, dort hinten am Wasser?« Er nahm sie auf den Arm, sie reckte den Hals und kniff angestrengt die Augen zusammen.

»Ich sehe nichts, Papa«, antwortete sie keuchend und hoffte noch immer, das hinter einem Busch versteckte Tierchen zu entdecken oder wenigstens einen Blick auf seinen Schwanz zu erhaschen, während es schon auf die andere Seite der Lichtung flüchtete. Enttäuscht wie ein Kind schüttelte Giorgio den Kopf, und Marias Gesicht nahm einen beschämten Ausdruck an.

»Was war es denn? Was für ein Tierchen war das?«

»Nichts, wir werden wieder einem begegnen, und dann wirst du es sehen.«

An seinen Geburtstagen wollte Giorgio nicht einmal, dass man ihm gratulierte, und wenn jemandem aus Versehen Glückwünsche rausrutschten, runzelte er unangenehm berührt die Stirn und machte Handbewegungen, als verscheuchte er Fliegen. Er wollte seine Verlegenheit niemandem zeigen.

An diesem Tag war auch Großmutter Adele bei uns. Sie trug kakifarbene Hosen und eine Leinenbluse mit langen Ärmeln, denn sie war überzeugt, dass man sich in Afrika überall vor den Fliegen schützen müsse. An den Füßen trug sie Espadrilles in einem blassen Beige, nicht einmal den Schmuck hatte sie vergessen: herrliche Ohrgehänge aus gelbem Gold, filigran gearbeitet. Ihre Finger waren schmal, ein bisschen knotig an den Gelenken, die Nägel gepflegt.

»Wie schwül es heute ist«, klagte sie und wedelte mit ihrem Pass vor dem Gesicht, als wäre er ein Fächer.

»Es ist doch erst Mai, warte bis zum Sommer, bevor du dich beschwerst«, erwiderte Giorgio spöttisch, den zärtlichen Unterton seiner Stimme kaum verhehlend. Er liebte seine Mutter mehr als jeden anderen Menschen.

»Ich habe einen Riesenhunger«, rief Maria aus und rieb sich das Bäuchlein, »hier drin knurrt alles.«

»Noch ein bisschen Geduld, Maria, gleich finden wir eine schöne Wiese, dann wird gegessen.«

»Machen wir ein Picknick?«

»Ja.«

»Und wo ist der Picknickkorb?«

»Im Rucksack ist alles drin.«

»Man kann kein Picknick ohne Korb machen.«

»Nun gut, dann machen wir eben kein Picknick.«

»Nein?«

»Nein.«

»Und warum nicht?«

»Weil wir keinen Picknickkorb haben, du hast es selbst gesagt.«

»Aber wir können so tun als ob.«

»Gut, wir tun so, als machten wir ein Picknick.«

»Ja. Und beim nächsten Mal machen wir dann wirklich eins.«

»Mit dem Picknickkorb.«

»Mit dem echten Picknickkorb.«

Wir setzten uns vor einen über zwanzig Meter hohen Baum mit dichter Krone und eiförmigen Blättern, die denen der Steineiche ähneln, aber ein helleres Grün haben. Auf den Zweigen saßen kleine Eicheln mit geschuppten Hütchen. Die grobe, knotige Rinde bedeckte den Stamm zur Hälfte wie ein weißer Handschuh.

So aßen wir im Schatten der Korkeiche, wir lachten, es gab ein paar spielerische Neckereien, ein paar Vertraulichkeiten und schüchterne Gesten der Liebe.

Als am Spätnachmittag die Sonne zu sinken begann, erschienen Männer und Frauen, die einen in weiße *Djellabas* gehüllt, den Kopf mit Turbanen bedeckt, die anderen mit bunten Edelsteinen und Gold geschmückt.

Nach wenigen Minuten bevölkerte sich der Wald um uns, es waren etwa hundert Personen oder mehr, alle in traditionellen Gewändern.

»Lasst uns gehen, hier sind zu viele Menschen«, bat Adele mit der üblichen Unduldsamkeit, ein typischer Charakterzug von ihr. Ich fing an zu lachen.

»Ich will bleiben, das sieht aus wie ein Fest!«, rief Maria, und genau in diesem Moment bildeten die Männer, als hätte Maria sie aufgefordert, einen Kreis aus weißen Gewändern vor dem dunklen Hintergrund des Waldes und begannen, rhythmisch auf die *Bendir*, eine Art Tamburin, zu schlagen. Nun setzten die Frauen zu einem wogenden Tanz an, und je schneller die Hände auf die Tamburine schlugen, desto rhythmischer wurde ihr Tanz, bis schließlich alle Menschen auf den Beinen waren, eng aneinandergepresst die Knie beugten und heftig mit den Füßen auf den Boden stampften.

»Das muss ein *Ahwach* sein«, sagte Giorgio gedankenversunken.

»Was ist das?«, fragten wir drei im Chor.

»Der *Ahwach* ist der typische Tanz der Amazigh-Völker.« Wieder sahen wir ihn fragend an, er seufzte, hob eine Augenbraue und fuhr fort zu erklären.

»Die Berber Nordafrikas. Es ist eine sehr alte Tradition, die noch heute überliefert wird. In den Dörfern galt dieser Tanz als eine der höchsten Künste, und jeder Stamm hatte seine Gruppe aus Tänzern. Seht ihr, was sie jetzt machen?«

Der Rhythmus der Tamburine wurde immer

drängender, das Stampfen der Füße stärker, bis alle, auch die Älteren begannen, sehr hoch in die Luft zu springen.

»Sie versuchen, sich in Trance zu versetzen, um mit dem Jenseits in Kontakt zu kommen. Dieses Stampfen mit den Füßen und das Springen ist ihre Form, die Verbindung mit der Erde und ihrer Fruchtbarkeit zu feiern. Es ist ein Akt der Befruchtung.«

»Wieso weißt du eigentlich so viel über ihre Folklore?«, fragte Adele ironisch.

»Papa weiß alles«, erklärte Maria. Auch ich wollte gerade erwidern, dass Giorgio immer alles wusste.

»Und weißt du, warum das Tamburin das älteste Instrument der Welt ist, Maria?« Sie sah ihn unsicher an. »Weil der Rhythmus existierte, noch bevor es Musik gab. *Tam tam tam* ist viel mehr als eine einfache Musik. Es ist kein Zeitvertreib, kein Vergnügen, keine Kunst. Der Rhythmus ist eine Notwendigkeit.«

»Eine Notwendigkeit?«

»Jedes menschliche Wesen sucht in allen Dingen einen Rhythmus, Routine ist ein Rhythmus, Tradition ist ein Rhythmus. Es ist das zwingende Bedürfnis jedes Menschen, auch des Urmenschen ...«

»Des Neandertalers!«

»... den Dingen eine Regelmäßigkeit zu verleihen, um daraus Sicherheit zu gewinnen. Es geht um Wiederholung, zyklische Abläufe, *tam, tam.*«

»Außerdem ist das *tam tam* eins der ersten Geräusche, das ein Kind schon als Embryo hört«, schaltete sich Adele ein, wie immer mit der Miene eines Menschen, der nur mit halber Aufmerksamkeit an Gesprächen teilnimmt.

»Das Mutterherz«, rief ich.

»*Tam tam*«, wiederholte Maria belustigt.

Der karmesinrote Himmel verdunkelte sich, und ein leichter Wind fuhr mir kühl über die nackten Arme. Giorgio nahm Maria auf den Arm, vor Müdigkeit fielen ihr die Augen zu. Die Schläfen aneinandergeschmiegt, ihre kleinen Arme um Papas Schultern geschlungen, die roten Strümpfchen über den runden Waden, »pass auf, sie verliert ihre Schuhe«, eine Liebkosung des Pausbäckchens.

Aicha Kandicha

»Schlaf.«

»Ich bin nicht müde.«

»Mach die Augen zu, dann wirst du schläfrig.«

»Ich bin kein bisschen müde.«

»Soll ich dir warme Milch machen?«

»Nein, ich mag nicht.«

»Warum schläfst du nicht?«

»Warum ist der Junge weggerannt? Er schien sehr erschrocken. Jetzt hab ich auch ein bisschen Angst.«

»Was hast du damit zu tun, der ist aus anderen Gründen weggelaufen.«

»Er hat mich angeschaut. Es war dunkel, in der Straße war kein Mensch, nur ich und Mama waren da. Dann ist er angekommen und rannte wie ein Verrückter, zwei oder drei Mal ist er gestolpert. Noch nie hab ich jemanden gesehen, der so erschrocken war.«

»Vielleicht ist ihm ein *Djinn* erschienen.«

»Ein *Djinn*?«

»Ein kleiner Geist, es gibt viele davon in Marokko. Vielleicht hat er Aicha Kandicha gesehen!«

Maria blickt ihren Vater erstaunt an, instinktiv zieht sie sich die Bettdecke halb übers Gesicht.

»Aicha Kandicha?«

»Aicha Kandicha ist eine *Djinniya*, die manchmal nachts erscheint, aber nur männlichen Wesen. Darum habt ihr, du und Mama, sie nicht gesehen.«

»Hast du sie mal gesehen, Papa?«

»Nie. Aber es heißt, sie sei eine wunderschöne Frau, eine portugiesische Gräfin, die in der Stadt Safi lebte, wo sie sich in einen marokkanischen Notar verliebte. Die beiden heirateten nach dem Gesetz des Korans, sie konvertierte zum Islam und nannte sich fortan Aicha.«

»Aber warum erschrecken die Männer vor ihr, wenn sie so wunderschön ist?«

»Sie hat sehr langes schwarzes Haar, weich wie Seide, ein Gesicht wie weißes Porzellan, schneeweiße Haut und sehr tiefe, honigfarbene Augen. Es gibt keinen Mann, der bei ihrem Anblick nicht von ihrer Schönheit verhext würde. Sie kann den Männern, die sie sehen, ihren Willen aufzwingen, sie würden alles für Aicha tun, weil sie ihr nicht widerstehen können, sie raubt ihnen den Verstand. Sie trägt immer ein hauchdünnes Gewand, durch das man ihren herrlichen Körper sehen kann. Tagsüber ist sie unsichtbar, sie geht in der Sonne, ohne Spuren zu hinterlassen, und hat keinen Schatten. Doch anstelle der Füße hat sie zwei Kamelhufe, und wenn sie nachts läuft, machen die Hufe einen Höllenlärm, der den Menschen das Trommelfell zerreißt.«

»War der Junge, der weggerannt ist, verliebt in sie?«

»Wenn er weggelaufen ist, hatte er sich noch nicht verliebt. Doch wer ihren Blick kreuzt, verfällt ihr rettungslos und irrt bis in alle Ewigkeit verzweifelt umher. Sie ist eine böse Frau, sie rächt sich, weil sie gelitten hat.«

»Warum hat sie gelitten?«

»Die Portugiesen besetzten die Stadt Safi und töteten ihren Mann. Aicha wurde wahnsinnig vor Zorn, und um sich zu rächen, begann sie, die portugiesischen Offiziere zu verführen und in einsame, dunkle Straßen zu locken, wo sie ihnen die Kehle durchschnitt.«

Ein kleiner Angstschauer durchfährt Maria, sie kneift die Augen zu. Tränen rollen ihr über die Wangen, ihre Stirn legt sich in Falten, der Mund verzieht sich zu einem traurigen Ausdruck.

»Was ist los? Du weinst? Das ist doch nur ein *Djinn*!«

»Und der arme Junge? Er hatte so liebe Augen. Was ist wohl aus ihm geworden?«

»Er ist heil nach Hause gekommen, jetzt ist er bei seiner Familie, und sie lachen zusammen.«

»Nein, dieses schreckliche Kamel hat ihm bestimmt die Kehle durchgeschnitten!«

»Es genügt, ein Messer oder irgendetwas aus Metall zu zeigen, um sich vor Aicha zu retten.«

»Hoffentlich. Hoffentlich hat er ihr so was gezeigt.«

»Jetzt schlaf, Maria.«

»Ich kann nicht mehr schlafen.«

»Hast du jetzt Angst?«

»Ja, ich habe Angst, aber nicht um mich. Ich bin ein Mädchen und kann Aicha nicht sehen. Aber was ist, wenn Aicha dich kriegen würde, Papa?«

»Aicha kriegt mich nicht.«

»Was soll ich dann machen, wenn sie dich holt?«

»Aicha kann mich nicht holen, weil ich schon dich liebe, Maria. Ich würde ihr niemals folgen, nie und nimmer.« Der Papa küsste sie auf die feuchten Lider.

»Bist du sicher?«

»Ganz sicher.«

»Und wenn du mich irgendwann nicht mehr liebst?«

»Es ist eine zu große Liebe, ich werde dich immer lieben. Aber jetzt schlaf.«

Ich will mit Gott sprechen

Maria wendet sich zu mir um und sagt strahlend: »Ich habe eine unwiderstehliche Wirkung auf ihn«, sie weist mit der Nasenspitze auf Antonio, »findest du nicht auch, Mama?«

Sie betrachtet ihn, als wäre er kein Mensch, sondern ein neues Haustier, ein Hündchen mit niedlicher Schnauze.

»Ist es nicht rührend, wie er mich anbetet? Ich bin mir sicher, er würde alles tun, was ich von ihm verlange. Ja, für mich würde er das tun.«

Ich höre sie, aber ich höre ihr nicht zu. Ich betrachte die Bücher zwischen den Buchstützen aus Mahagoni. Ein paar stehen schief. Meine Bibliothek, voller Bücher, die ich nie gelesen habe. Ich schaue sie mir genauer an. Da sind drei kleine Bändchen: *Weihnachtsgeschichte, Das Heimchen am Herde, Der Kampf des Lebens,* alle drei von Dickens. Ich habe sie auf einem dieser Flohmärkte gekauft, wo man alles Mögliche für sehr wenig Geld bekommt. Daneben Schriften von Pietro Gori, ein sehr dickes Buch, die Seiten sind aufgequollen, selbstgefällig steht es zwischen den anderen Büchern. Daneben *The Political Philosophy of Bakunin* von Maximoff und *Il Comintern: storia dell'Internazionale comunista*. Dann eine Reihe Romane von Dacia Maraini: *Isolina* ist alt und stark beschädigt, zusammengeknüllt wie ein schmutziges Taschentuch. Und *Un amore* von Dino Buzzati fällt fast in zwei Hälften auseinander. Diese Bücher haben wir schlecht behandelt, sie haben mehrere Umzüge miterlebt und Dinge gesehen, die niemand sehen dürfte. Weiter hinten steht eine kleine Truhe mit historischen Sachbüchern über die Antike bis zur Kolonialzeit, geschrieben von Brown, Waley, Le Goff und Braudel. Giorgio liebte Bücher über Geschichte und Politik und hielt die Belletristik für Zeitverschwendung.

»Das ist es, was man lesen muss, alles andere kann man ruhig vergessen, aber die Geschichte nicht! Solange du immer noch dieses überflüssige Zeug liest ... jaja, natürlich, es ist schön, von mir aus die schönste Lektüre, aber sie ist zu nichts nütze«, erklärte er mir.

»Wozu soll es denn nützen?«

»Du könntest mit Salvatorelli anfangen. Er hat vier interessante Bände über die Geschichte des 20. Jahrhunderts geschrieben, das fängt mit 1914 an und geht bis zur Besetzung Islands durch Roosevelt. Aber was weißt du schon davon ...«

»Ich lese lieber Literatur, Sachbücher kann ich nicht ausstehen.«

»Was redest du denn da? Maria, hör nicht, was sie sagt. Lies, ja, du sollst lesen, aber gute Sachen, wenn du das Leben kennenlernen willst. Wenn du beispielsweise *Der Meister und Margarita* von Bulgakow liest, solltest du dir vorher auch etwas Wissen über die atheistische Sowjetunion verschaffen, meinst du nicht?«

»Bist du verrückt? Das Kind hat doch überhaupt noch keine Ahnung von diesen Dingen!«, protestierte ich.

»Ach, es ist wirklich ein Jammer. Du liest mal hier, mal dort, dies und das, aber so bekommst du nur einen ersten, dürren, tröstlichen, mäßigen Eindruck von dem, was der Autor – und der Autor ist ein Genie! – geschrieben und gedacht hat. Findest du nicht auch, dass das wirklich ein Jammer ist?«

Während ich mich in meine nutzlosen Erinnerungen vergrabe, wirft Antonio Maria rasche, besorgte Blicke zu.

»Antonio, bitte bring mir etwas Wasser, mir geht es nicht gut«, und Antonio läuft in die Küche. Er stößt sich das Knie an der Schranktür, beißt sich in die Zunge vor Schmerz, »ach ja, hier«, er weiß schon, wo die Gläser stehen, zerbricht eins und versucht, die Scherben im Mülleimer zu verstecken, schneidet sich in den Zeigefinger und saugt das Blut auf, dabei greift er mit der anderen Hand nach einem neuen Glas und füllt es endlich mit Wasser.

»Hier, meine Kleine.«

»Kleine, ich? Immer noch?«

»Es gefällt mir, dich so zu nennen«, flüstert er schüchtern. »Dir geht es nicht gut. Warum?«

»Keine Ahnung, mir fällt das Atmen schwer. Ich habe einen steifen Hals, weil ich so lange in dieser Position stillhalten musste ... du wärst ja ausgeflippt, wenn ich den Hals nicht andauernd so gereckt hätte, wie du wolltest! Und mein Rücken fühlt sich an wie ein Brett.«

»Du warst angespannt, du Ärmste.«

»Genau«, sagt Maria mit einem liebevollen Blick auf ihn, dann dreht sie sich zu mir um. Sie hat die Augen einer Hyäne.

»Du könntest mich massieren.«

»Nein«, flehe ich.

»Mama sagt, du kannst fantastisch massieren. Manchmal erzählt sie mir davon: ›Wenn du wüsstest, was Antonio für Hände hat. Er spürt, wo der Schmerz sitzt. Er fängt ganz zart an, mit seinen warmen Handflächen, ja, warm wie ein Ofen, und wo er dich berührt, bleibt ein Wohlgefühl zurück. Dann plötzlich – zack! – findet er die Verspannung, und dort macht er ein Spielchen mit seinen Fingerknöcheln, das tut gut, so unglaublich gut!‹«

Antonio lacht mit hochrotem Kopf, seine Wangen sind geschwollen, die Zähne rot vom Wein.

»Komm, komm her, Antoniuzzo, ich möchte eine von diesen wunderbaren Massagen«, sagt Maria. Antonio steht auf und stellt sich hinter sie. Er legt die Hände zur Muschel zusammen und pustet hinein, fünf, sechs Mal, dann reibt er sie aneinander und legt sie auf Marias Rücken.

»Knöpf mir ruhig ein bisschen das Kleid auf, sonst spüre ich ja gar nichts auf dem Rücken.«

Seine Hände sind aus Glas, die Finger so hart, dass sie fast klingeln, wenn sie gegeneinanderstoßen. Er nestelt an den Knöpfen, die so klein sind, dass sie zwischen seinen Fingerkuppen verschwinden, und sie wollen einfach nicht aus den Knopflöchern heraus, so fest sitzen sie. Ich kenne seine Verlegenheit. So war es auch immer, wenn er mir den Büstenhalter nicht sofort aufhaken konnte. Ich sehe, wie er sich anstrengt, er möchte wie einer erscheinen, der jede Nacht ein anderes Kleid aufknöpft.

»Beug dich mal ein bisschen vor, Kleine.«

Er kann nahe Dinge nicht scharf sehen, und weil er es nicht schafft, das Knöpfchen aus dem Knopfloch zu holen, zieht er am Kleid, damit das Loch selbst den Knopf freigibt. Jetzt reißt er mit einer gewissen Lässigkeit die ganze Reihe der siebzehn mit Stoff verkleideten Knöpfchen aus ihren Löchern und streicht mit dem anderen Finger über die Stelle, wo die beiden Seiten des Kleids sich öffnen und den nackten Rücken freigeben.

»Du hast ganz kalte Hände!«, lacht Maria, »das kitzelt!« Die kleinen Brüste hüpfen nach rechts und links, als sie lacht, ich sehe sie durch den weiten Ärmelausschnitt.

»Warte, ich wärme sie noch mal auf«, er legt die Hände an den Mund. Nach seinem Gesichtsausdruck zu urteilen, hat er Marias Geruch gespürt. Er legt die Hände auf ihren Rücken, »fühl mal, wie warm sie jetzt sind. Magst du das?«

»Es ist so ein Prickeln.«

Eine Liebkosung von unten nach oben, indem er Druck mit den Handgelenken ausübt und dann mit den Fingerspitzen auf die zarten Schulterblätter trommelt.

Als Maria sehr klein war, habe ich gesagt, ihre Schulterblätter seien zwei winzige Flügel.

»Du fliegst doch nicht weg mit deinen Flügelchen? Du breitest sie nicht aus, und dann – hui – fliegst du davon?«

»Nein, Mama, ich flieg nicht weg. Ich will immer nur bei dir bleiben.« Noch wusste ich nichts von dem, was passiert war.

Wieder muss ich an den Tag denken, an dem mein Mann starb. Viele Stunden lang ließen sie uns nicht zurück ins Haus, wir waren zu Tode erschöpft und völlig allein, also beschlossen wir, zum Schlafen ins Hotel zu gehen. Trotz der Müdigkeit, die auf die Schläfen drückte und uns das Gehen schwer machte, irrten wir nach dem Verhör eine gute halbe Stunde ziellos durch die Straßen. Vor einer verschwommenen, gelben Inschrift, *HOTEL,* machten wir halt und stiegen die engen Treppen hinauf. Wir stellten keine Ansprüche, hatten absolut kein Bedürfnis nach Eleganz. Das Doppelzimmer war winzig, zwischen dem Bett und dem Schreibtisch gab es wenig Platz. Die Matratze war hart und körnig, die Bettwäsche steif, wie mit dem falschen Waschmittel gewaschen. Aus dem alten Schrank kam ein entsetzlicher Schimmelgeruch. Kaum waren wir im Zimmer, lief Maria ins Bad, und ich hörte, wie sie sich mehrmals übergab. Ich lehnte mich ans Fenster, das auf eine verwahrloste Terrasse hinausging. Ich wusste, dass ich ins Bad gehen und Maria helfen musste, sich zwischen den Brechreizen zu erholen, aber ich konnte mich nicht von der Stelle bewegen. Ich hörte sie husten, dachte »jetzt gehe ich hin, das Kind braucht mich«, aber meine Wange blieb an der Fensterscheibe kleben, und ich hatte das Gefühl, die Zeit hätte sich ausgedehnt, sodass es im Grunde gleichgültig war, ob eine Sekunde oder eine Stunde verging. Ich schlüpfte in Unterwäsche ins Bett, und Maria presste sich mit ihrem nackten kleinen Körper an mich. Sie schlang ihre Beine um meine und drückte ihre kalten Füße an meine Knie. Mit den Händen hielt sie sich an meinem Hals und an den Haaren fest. Sie schlief tief, doch als ich in der Nacht von ihr abrückte, klammerte sie sich im Schlaf mechanisch noch fester an mich und kratzte mich leicht am Nacken. Ich hörte sie träumen, gegen vier stieß sie einen Schrei aus, der wie ein Heulen klang, doch sie schlief. Ich konnte viele Stunden lang kein Auge schließen, bis ich die ersten Vögel zwitschern hörte, erst dann schlief ich ein. Das Erste, was sie mir am Morgen sagte, war: »Ich habe ihn nicht fallen sehen, Mama.« Augenblicklich erstarrte ich, ich wollte auf keinen Fall darüber sprechen.

»In Ordnung«, war das Einzige, was ich in meiner Hilflosigkeit darauf zu antworten wusste.

»Ich war in meinem Zimmer, habe mit Barbie gespielt. Nein, ich habe gelesen. Dann bin ich in die Küche gegangen, weil ich frühstücken wollte. Als ich am Wohnzimmer vorbeikam, stand er auf einem Stuhl und reparierte die Gardine, die kaputte.«

»Die war schon seit langer Zeit kaputt.«

»Warum wollte er sie ausgerechnet gestern reparieren?«

»Das ist unwichtig, Maria.«

»Ich habe ›Ciao Papa‹ gesagt. Nein, ich habe nichts

gesagt. Ich bin direkt in die Küche gegangen, ohne was zu sagen, er hat mich nicht mal gesehen. Ich wollte Cornflakes mit Milch essen, aber die Milch war alle, und die Cornflakes standen zu weit oben. ›Papa!‹, habe ich gerufen, aber er hat nicht geantwortet. ›Papa!‹ Nichts. Da bin ich auf den Hocker gestiegen, aber ich bin immer noch nicht ans Regal herangekommen. Ich hab einen Fuß auf den Küchenschrank gestellt und bin runtergefallen. Dann hab ich ein lautes Geräusch gehört. Ich hab gedacht: *was für ein Aufprall!,* dann hab ich gemerkt, dass ich das nicht gewesen sein konnte. Und man hat auch einen Schrei gehört. Papa schrie und auch eine Frau. Also bin ich zu Papa gelaufen und hab gesehen, dass die Gardine noch kaputter war als vorher, der Stuhl war umgekippt, und er war nicht mehr da. Ich habe ihn nicht fallen sehen, ich habe mich aus dem Fenster gelehnt, und er lag schon unten. Er schien zu schlafen, aber der Bürgersteig war ganz rot.«

Tage vergingen, Maria sprach nicht mehr über das Geschehene. Bis sie eines vormittags in die Küche kam, wo ich Artischocken für die Suppe putzte.

»Ich habe ihn aus dem Fenster gestoßen«, sagte sie ohne irgendeine Gefühlsregung in der Stimme. Bevor ich mich noch umdrehen konnte, um sie anzusehen, ging sie hinaus. Wieder sprachen wir nicht darüber. Ich verstand nicht, wie sie über solche Dinge einen Scherz machen konnte, während

Trauer im Haus herrschte und ihre Großmutter und ich am liebsten nie geboren wären. *Wahrscheinlich ist das ihre Art, die Trauer zu bewältigen*, dachte ich mir.

Ein paar Wochen später ging ich morgens durch die Allee und genoss das angenehme Gefühl der warmen Sonne auf der Haut. Ich betrachtete die Palmen mit ihren gefiederten Blättern und den dichten Trauben kleiner heller Blüten zwischen den gebogenen Ästen. An der Spitze des Stamms hingen die noch harten Datteln. Ich blieb stehen, um die Villen mit ihren Gärten und die Schaufenster der Bäckereien zu bewundern. Zum ersten Mal, seit Giorgio tot war, dachte ich: *Vielleicht werde ich eines Tages wieder glücklich sein können.* Als ich nach Hause zurückkam, sah ich Maria, die sich ihre guten Lackschuhe und den blauen Kleiderrock angezogen hatte. Sie hüpfte durch den Flur und versuchte dabei, nur auf die weißen Fliesen zu treten, nicht auf die schwarzen. Sie wirkte vergnügt. Maria lächelte nicht oft, aber wenn sie lächelte, schien alles um sie herum zu lächeln.

»Ich gehe zur Messe, kommst du mit?«, fragte sie mich mit der größten Selbstverständlichkeit, als wäre es vorstellbar, dass ein kleines Mädchen sich fein herausputzt, um dann allein durch die Stadt zu laufen oder in die Kirche zu gehen, und die große Dame spielte. Sofort dachte ich, dass sie zu lange allein in der Wohnung gesessen hatte, und dass ich sie auf meinen Spaziergang hätte mitnehmen sollen. Doch gleichzeitig fühlte ich mich völlig kraftlos und spürte, wie die Leichtigkeit, die mich den ganzen Morgen über in der dünnen Luft unserer Wohnung begleitet hatte, langsam verschwand.

»Was willst du in der Messe, Maria?«

»Ich will mit Gott sprechen.«

»Du kannst hier mit Gott sprechen, er ist überall. Du kannst auch mit mir sprechen.«

»Hier hört mir niemand zu«, sagte sie mit verärgerter Miene und lief auf die Wohnungstür zu.

»Du kannst auf keinen Fall allein gehen, ist dir das klar?«

»Ich kann jetzt alles tun, Papa ist nicht mehr da.« Ein stechender Schmerz fuhr mir durch die Brust.

»Ich bin da, mir musst du gehorchen. Alles, was ich sage, ist nicht gegen dich, es ist immer für dich.«

»Bringst du mich bitte in die Kirche, Mama?«

Die Bitte erschien mir absurd: Wir waren keine besonders fromme Familie, Maria hatte nur selten den Kommunionunterricht und den Gottesdienst besucht. Doch ich überlegte, dass ich ihr den Wunsch, zur Messe zu gehen, nicht abschlagen durfte, wenn sie ein Bedürfnis danach hatte.

»Die nächste Messe beginnt aber erst um sechs Uhr.«

»Ich werde so lange warten.«

»Ich koche jetzt das Mittagessen.«

»Gut, ich warte bis sechs.«

»Was möchtest du essen? Ich habe Huhn gekauft und ein bisschen Gemüse.«

»Ich glaube, ich werde hier warten. Nein, hier ist es besser. Es sind viele Stunden.« Sie setzte sich auf das beige Sofa im Wohnzimmer, der Küche direkt gegenüber.

»Ich könnte Pasta mit Artischocken machen.«

Ich sah ihre mageren Beinchen mit der dicken weißen Strumpfhose, die runden Schühchen und die Schnalle mit dem Knopf aus Samt auf dem Teppich. Der Teppich ist eines der Details, an die ich mich genau erinnere. Es sind diese Bilder, die sich dir gewaltsam einprägen, ohne dass du beschlossen hättest, ihnen allzu große Bedeutung zu verleihen, ohne dass sie einen Grund hätten, sich einzuprägen, dennoch bleiben sie in deinem Gedächtnis haften wie ein Gemälde. Es war kein marokkanischer Teppich, sondern ein persischer, und er war wunderschön. Ein wertvoller Isfahan aus Wolle und Seide, aus drei feinen, mehrfach gezwirnten Fäden geknüpft. Die Farben waren warm, und auf der Kette konnte man unzählige Knoten erkennen. Als wir ihn kauften, sagte der Teppichhändler, wer weiß, warum ich mich so genau daran erinnere, dass der Teppich auf einem Quadratmeter 810.000 Knoten habe, und um einen Quadratmeter zu knüpfen, seien etwa sechs Monate Arbeit nötig gewesen. Marias Schühchen spielten mit dem Gewirr aus Symbolen im Teppichmuster.

»Was ist? Möchtest du nun Pasta mit Artischocken?«

Sie sang vor sich hin. Spielte ein Spiel, bei dem man die Finger verschränkte.

»Mir ist alles gleich, im Moment will ich nicht daran denken.«

»Woran willst du nicht denken? An die Pasta?«

»Ich bin mit einer Sache beschäftigt, das Mittagessen interessiert mich wirklich nicht.«

»Dann esse ich allein.«

»Sehr gut.«

»Ich nehme nur Pasta für eine Person.«

»Mach das.«

»Und du? Willst du bis sechs Uhr weiterdenken?«

»Bis sechs, genau.«

Ich ging zu ihr. Kniete mich vor ihren Beinchen hin.

»Ich verstehe nicht, was das für ein Gedanke sein kann, der so lange gedacht werden muss.«

»Willst du deine Pasta nicht kochen? Es ist mein Gedanke.«

»Und du willst ihn mir keinesfalls sagen?«

»Nein, er ist nur für uns beide.«

»Für euch beide, wen?«

»Für mich und für Gott, das habe ich dir doch schon gesagt.«

»Ach ja, Gott. Und was passiert, wenn du diesen Gedanken eine halbe Stunde lang nicht denkst?«

»Ich komme ins Gefängnis, das passiert.«

»Ins Gefängnis?«

»Ins Gefängnis.«

»Und wenn du ihn mir sagst, was passiert dann?«

»Du lässt mich ins Gefängnis werfen.«

»Niemals würde ich das tun, Maria.«

»Ich sage dir, du wirst es tun.«

»Nie und nimmer. Du bist mein Leben.«

Sie starrte auf ihre Schuhspitzen, wich meinem Blick aus. Ein Träger des Kleiderrocks rutschte ihr von der Schulter. Sie war im letzten Monat abgemagert, ihr Gesicht war schmal, sie wirkte zerbrechlich.

»Und was passiert, wenn du ihn Gott sagst?«

»Gott wirft mich bestimmt nicht ins Gefängnis.«

Adele kam ins Wohnzimmer, sie hatte die Augen einer Blinden. Ihre Haare sahen aus wie eine alte Perücke, ein verfilztes, graues Knäuel. Die Haut war runzlig, sie ähnelte der eines stark geschminkten, alten Schauspielers.

»Ist er hier vorbeigekommen?«, fragte sie verwirrt und senkte den Blick, um zu prüfen, ob sich unter dem Tisch oder unter dem Sofa etwas bewegte.

»Sucht sie eine Katze?«, fragte ich.

»Sie sucht Papa«, antwortete Maria.

»Ah, Maria. Du bist elegant, sehr, sehr elegant. Was hast du vor?«

»Ich gehe zur Messe.«

»Sie geht zur Messe«, wiederholte ich.

»Zur Messe. Warum nicht, vielleicht komme ich auch mit.« Sie blickte an sich herunter, »vielleicht ziehe ich auch gute Schuhe und ein schönes Kleid an. Ich werde darüber nachdenken. Aber erst muss ich ihn finden, hat denn niemand ihn hier vorbeigehen sehen?«

Maria und ich schwiegen. Adele bemerkte es nicht. Sie erwartete im Grunde keine Antwort, sie wollte nur diese eine Frage unendlich oft wiederholen. Dann stolperte sie über eine Falte des Teppichs im Flur. Ich lief zu ihr, um ihr aufzuhelfen.

»Scheiße!«, schrie sie. Auf ihr Gesicht trat ein neuer, vulgärer Ausdruck. Sie war nicht mehr die Frau, die sie gewesen war, sondern ein anderer Mensch, nicht wiederzuerkennen.

»Sei vorsichtig, Adele.«

»Diese ekelhaften Teppiche!«, schrie sie wieder und trat mit nackten Füßen ziellos um sich. Ich führte sie in ihr Zimmer und ließ sie ein paar Tropfen Beruhigungsmittel nehmen. Das Bett war zerwühlt. Auf dem Nachttisch ein leeres Glas und das silberne Pillendöschen.

»Ich habe schreckliche Kopfschmerzen«, jammerte sie mit einer hauchdünnen, heiseren Stimme.

»Warum isst du nicht mit uns?«

»Weil ich keine Lust habe«, antwortete sie und drehte sich auf die Seite, den Rücken zu mir gewandt.

»Du kannst jetzt gehen«, sagte sie, »ich sterbe nicht. Ich bin schon tot.«

Als ich ins Wohnzimmer zurückkehrte, saß Maria noch immer in genau derselben Haltung da. Vielleicht sang sie auch dieselbe Melodie (ich kann es nicht beschwören, denn sie sang so leise, dass ich sie nicht wirklich hören, nur wahrnehmen konnte) und spielte noch immer mit ihren Fingern oder ließ ihre Schuhspitzen zusammenstoßen. Manchmal kratzte sie mit dem Fingernagel über die harte Baumwolle des Sofas oder schnalzte mit der Zunge am Gaumen und an den Zähnen.

»Kochst du keine Pasta?«

»Doch, jetzt koche ich sie. Auch ein bisschen für dich.«

»Aber ganz wenig, denn ich esse nur, um dir einen Gefallen zu tun.«

»Ganz wenig, versprochen.«

»Gott glaubt mir wenigstens.«

»Wir alle glauben dir.«

»Du würdest mir nie glauben.«

»Was würde ich nie glauben, Maria?«

»Dass ich ein Teufel bin.«

»Du bist ein Engelchen, ein kleines Mädchen.«

»Das stimmt nicht. Ich habe den Teufel hier drin.« Sie stand auf und zeigte auf ihre Brust. »Aber ich weiß nicht, wer ihn da reingesteckt hat, ich bin so geboren.«

Ich ging zu ihr, legte meine Arme um sie und hob sie hoch. »Du leidest, wie wir alle leiden. Vielleicht sogar noch mehr.«

Als ich sie im Arm hielt, spürte ich, dass sie von Kopf bis Fuß zitterte. Dann brach sie in Tränen aus, das erste Weinen nach dem Tod ihres Vaters. Ich streichelte ihre Stirn, die sehr heiß war, als hätte sie plötzlich starkes Fieber bekommen.

»Du warst allein im Haus mit ihm, vermutlich habe ich bisher nicht erkannt, welche Bedeutung das hatte. Du warst allein, du hast das alles mit ansehen müssen wie ein erwachsener Mensch, was hast du bloß für schreckliche Dinge sehen müssen.« Jetzt weinte auch ich, die tränennassen Haare klebten uns am Gesicht. Endlich war der Moment des Loslassens, des ungehemmten Weinens gekommen, der Moment, den wir gebraucht hatten. Ich drückte sie an meine Brust und spürte, dass sie mein Fleisch war, sie hatte meinen Geruch, und je länger wir uns umarmt hielten, desto mehr verschmolz ihr Körper mit meinem. Wer in diesem Moment wer war, hatte nicht die geringste Bedeutung, unser Schmerz war ein einziger. Die dröhnende Musik des Restaurants in der Nähe drang durch die halb geschlossene Eingangstür, stieg an den feuchten Mauern der Luft hoch und kam als ein leises, sanftes Echo bei uns an.

»Weißt du, was es bedeutet, ein großes und schreckliches Geheimnis zu haben?«, fragte Maria schniefend.

Vor dem Fenster flatterte eine Taube, dann hockte sie sich auf den Sims. Sie war pechschwarz, die Brust rundlich, der Kopf klein und der Körper zu mager. Sie sah vollkommen verdreckt aus, als wäre sie in eine Schlammpfütze gefallen, das Federkleid war schütter und struppig. Zitternd hob sie die Flügel, senkte sie dann wieder. Sie lief zwei- oder dreimal hin und her, hieb mit dem Schnabel gegen die Scheibe und schien uns mit ihren kranken Augen aus gelben Pupillen anzuschauen. Es gibt hier Myriaden von Tauben, sie erobern die Städte, baden in den Brunnen, machen sich die Essensreste auf den Straßen streitig, und an manchen Tagen füllen sie den Himmel mit einer dichten, schwarzen Wolke. Doch ihre Kadaver findet man selten, denn sie sterben lieber weit weg von den indiskreten Blicken der Menschen, auf den Dächern, in Luftschächten, auf den Simsen. Ich fragte mich, ob sie gekommen war, um hier bei uns zu sterben, diese hässliche, kranke Taube, und das ausgerechnet in diesem Moment.

»Ich habe ihn aus dem Fenster gestoßen«, sagte sie.

Mich packte eine unbezwingliche Wut. Wieder verspottete sie mich, wieder glaubte sie, mit Worten spielen zu können, mit meiner Trauer und mit dem Tod ihres Vaters, vor dem sie offenbar nicht den geringsten Respekt hatte. Wie von Sinnen schlug ich sie, doch noch während ich sie auf die Arme und ins Gesicht schlug, wurde mir mit jedem Augenblick klarer bewusst, dass aus ihren Augen die Wahrheit sprach. Wie oft hatte sie versucht, es mir zu sagen, und ich hatte ihr nicht zuhören wollen! Ich fiel auf die Knie, zitterte. Mir schien, als hätte ich es immer gewusst, es war ein Entsetzen ohne Überraschung. Sie erzählte mir von jenen Nächten.

An diesem Abend legte sich Maria zu mir ins Bett. Ich hatte nicht einmal mehr Kraft zum Schlafen, das Atmen fiel mir schwer. Ein seltsames, fassungsloses Misstrauen hielt mich an der Grenze zwischen Trauer und Tod, es war die trostlose Agonie derjenigen, die das ganze Ausmaß des Geschehenen noch immer nicht wahrhaben will. Die ganze Wahrheit tropfte durch eine Infusionsflasche, einen Plastikschlauch in der Vene, der mir half, mit der nötigen Langsamkeit wieder Kontakt zur Welt aufzunehmen. Denn das, was hinter den Kulissen eines unwahrscheinlichen, makabren Theaterstücks geschehen war, war die Wirklichkeit. Es war ohne warnende Vorzeichen, ohne irgendeinen Anhaltspunkt passiert. Ich krümmte den Rücken, über den mir ein kalter Schauder lief, und berührte mit dem Rückgrat einen warmen, schlafenden Körper. Neben mir atmete Maria ohne Mühe, sie schlief ruhig, sie fühlte sich geborgen und sicher in dieser Nacht. Ich machte eine winzige Bewegung, um die glatte Haut meiner Tochter nicht mehr zu spüren. Ich befahl mir, sie zu streicheln, aber dann tat ich es doch nicht. Die Hand hielt auf halber Höhe an. Nicht wegen dem, was sie getan hatte, ich warf ihr nichts vor. Wenn ich es doch nur gewusst hätte, ich hätte es selbst getan. Ich überlegte, dass ich sie von nun an beschützen würde, ich würde alles wiedergutmachen. Doch in diesem Moment konnte ich sie nicht berühren, ich wollte sie nicht küssen, und es war eine Erleichterung, dass ihre Augen geschlossen waren.

Ein paar Monate später, in Rom, ging ich zu Giorgios Grab auf dem Friedhof von Verano. Als ich dort war, ließ mich ein Schwindelgefühl taumeln, und zwischen den Grabsteinen atmete ich den Geruch des Lammgerichts *Mrouzia* ein. Ich fühlte mich stark, einen Schritt von mir selbst entfernt. Langsam ging ich über die Wege der Toten, als suchte ich kein bestimmtes Grab. Dann blieb ich plötzlich stehen. Der Stein war schlicht, das Grab ohne Blumen, das emaillierte Foto auf dem Grabstein war schon zersplittert. »In Liebe bewahrt seine Familie sein Andenken.« Ich spürte ein Zittern, das mir wie ein Blitzschlag durch die Beine lief. »In Liebe«, sagte ich mit hauchdünner Stimme. In Rabat gab es einen Garten. Giorgio stieß die Schaukel an, er lächelte, Maria warf die Füße in die Luft, um immer höher zu kommen. Ich atmete so viel Luft ein, wie ich konnte, sog den Duft des Mooses bis auf den Grund meiner Lungen.

»Gefällt es dir?«, fragt Antonio mit einem Seufzer und nähert seinen Mund ihrem Hals. Maria schließt die Augen, sie grinst listig.

»Es ist wahnsinnig schön.«

Antonio reibt mit den Handflächen über den nackten Rücken meines kleinen Mädchens. Er legt eine Hand zwischen ihre Schulterblätter, und die andere rutscht nach unten, fast bis ans Ende des Rückens. So verharrt er ein paar Minuten. Die Knopfreihe des Kleids endet genau dort, wo die Hinterbacken beginnen. Man sieht den Spalt und die zwei kleinen Venusgrübchen über dem Gesäß. Seine Hände treffen an den Schultern wieder zusammen und beginnen mit einer langsamen Drehbewegung. Kreisend gleiten sie am Rückgrat nach unten, auf der Höhe des Gesäßes trennen sie sich und streichen über die Hüften unter dem Kleid. Sie bleiben eine Weile ruhig liegen, dann kehren sie sehr langsam auf dem Rücken zurück bis zu den Schultern, gleiten in Drehbewegungen nach außen auf die Arme bis zu den Händen.

»Deine Hände haben eine ganz unbeschreibliche Wirkung auf mich«, sagt Maria.

Antonio errötet, schiebt sein Becken bis an ihren Rücken vor und presst sich leicht mit den Hüften an sie.

»Ah«, kommt es wie ein Seufzer aus dem halb geöffneten Mund meiner Tochter.

Wieder legen sich die Hände sanft auf ihre Hüften, umarmen ihren Körper von beiden Seiten, erreichen mit den Fingerspitzen fast ihre Brüste und ziehen sich zurück. Antonio drückt Maria fest an sich, er versucht, die Schwellung in seiner Hose hinter ihrem Kopf zu verstecken. Er streichelt ihre Beine, die Füße, und die Hände wandern wieder unter das Kleid, das weit und weich wie ein Nichts an ihr herabfällt. Als er sich an der Innenseite der Beine wieder hocharbeitet, ist er ganz über Maria gebeugt, mit seinem über sie gekrümmten Körper verbirgt er sie, auch er hat die Augen geschlossen, der Mund steht offen, der Gesichtsausdruck ist verstört. Er erreicht die Stelle, wo die Oberschenkel sich berühren. Maria öffnet leicht die Beine. Antonio lässt seine Hände wieder nach unten zu den Füßen gleiten, massiert jeden einzelnen Zeh, kneift in die weiche Haut zwischen den Zehen, drückt auf den Spann, fährt ein paarmal um den Fußknochen, wandert an der Innenseite der Beine wieder nach oben, das Kleidchen hebt sich ein bisschen, da ist die lila Unterhose, er berührt den Saum, die Hände gleiten wieder auf ihren Rücken. Die beiden sprechen nicht mehr, atmen schwer.

Ich bin wie gelähmt, aber ich spüre, dass der Zorn meinen ganzen Körper durchfährt wie eine Flamme, meine heißen, verschleierten Augen brennen vor Tränen, die Zähne knirschen hörbar. Mein Kiefer ist in einem Krampf erstarrt, mein Magen dreht sich um, und wenig fehlt, dass ich mich auf dem Teppich übergebe.

»Antonio!«, schreie ich. Er blickt entnervt auf, löst die Hände nicht von Maria. Erst nach ein paar Sekunden öffnet sie die schwarzen, funkelnden Augen. Das ist alles ein Theaterspiel, sie amüsiert sich köstlich.

Ich gehe zu Antonio, packe sein Ohr mit den Fingernägeln, reiße mit aller Kraft an seinem Arm und ziehe ihn von Maria weg. Maria steht auf, ordnet ihr Kleid. Sie macht den Eindruck, als hätte sie nichts von alledem ernst genommen.

»Was soll denn das?« Antonio entwindet sich meinem Griff und blickt wieder zu Maria. Sie sieht ihn nicht an, schaut aus dem Fenster, dann betrachtet sie mit gerunzelter Stirn ihre Fingernägel, knabbert an einem Nagelhäutchen.

»Du verschwindest jetzt, Antonio.« Meine Stimme zittert, »du verschwindest sofort.«

»Ich gehe ja, bleib ruhig.«

»Ich bleibe nicht ruhig, und du verschwindest jetzt sofort.«

Mit gesenktem Kopf geht er durch das Wohnzimmer, die Arme hängen an den Hüften herab, er schlurft mit den Füßen über den Teppich, ein unangenehmes Schleifgeräusch begleitet ihn.

»Es ist wirklich ein bisschen spät geworden«, brummelt er vor sich hin, »hab gar nicht gesehen, dass es schon so spät ist. Draußen ist es dunkel. Heute Morgen hat es stark geregnet, dann kam die Sonne, und jetzt ist der Himmel wieder so grau.«

Er hustet, legt eine Faust vor den Mund. Jetzt ist er im Flur, schaut kurz in den Spiegel am Eingang, doch sein Blick senkt sich sofort auf seine Schuhe. Ich frage mich, ob er sich schämt.

»Gut, ich werde einen Spaziergang machen, jetzt, wo es draußen wieder frischer ist. Ihr habt mich zum Trinken verleitet, ha, ha, ich bin immer noch ein bisschen betrunken.«

Sein Lächeln ist gezwungen, es zittert zwischen seinen Wangen. Langsam nimmt er sein Jackett, dreht und wendet es, zieht es gemächlich an, ein Arm nach dem anderen, er kontrolliert die Taschen. Ich folge ihm bis zur Wohnungstür. Er macht Anstalten, wieder in den Flur zu gehen.

»Dann also ciao, Maria, ich gebe dir noch einen Abschiedskuss«, flüstert er schüchtern.

»Ciao«, antwortet sie, während sie die Gläser vom Tisch nimmt und ineinanderstellt, um sie in die Küche zu bringen. »Lass gut sein, Antonio, ich decke gerade ab. Es ist wirklich nicht nötig, dass du dich verabschiedest. Geh weg, geh dahin zurück, von wo du gekommen bist«, sagt sie, ohne ihn eines Blickes zu würdigen. »Sorg dich nicht mehr um uns, Antonio, mein Lieber, Mama und mir wird es sehr gut gehen.« Sie ist der Spielchen müde geworden, hat keine Lust mehr dazu. Jetzt sucht sie meinen Blick, und sie hat einen unvermutet liebevollen Ausdruck in den Augen, sie bittet um Verzeihung. Es sind die Augen der Tochter, die endlich beschlossen hat, Frieden zu schließen. »Wir könnten heute Abend ins Kino gehen, Mama, du und ich.«

»Silvia.« Auf der Türschwelle nennt Antonio meinen Namen. Ich weiß nicht, ob er mir etwas sagen will, aber er schweigt, steht reglos im Eingang. Dann kehrt er zurück, nimmt meinen Kopf in beide Hände und küsst mich auf die Stirn. Als er weggeht, schließe ich sorgfältig die Tür.

Zitatnachweis

S. 2 aus: Silvia Bre, *Marmo,* Einaudi 2007. Deutsche Übersetzung von Annette Kopetzki.

S. 4 aus: *Lutherbibel,* 1. Buch Moses, Kap. 22, Vers 11.

S. 5 aus: Vergil: *Aeneis,* 4. Buch, Didos Tod, Reclam 2012.

S. 5 aus: Edith Piaf, Vincent Niclo: La vie en rose, Arpege editions musicales 1945.

S. 65 f. aus: Pooh, Pensiero, 2015.

S. 83 aus: Sur le pont d'Avignon. In: Fuchs, Peter (Hg.): *Schalmei. Unser Liederbuch für die Grundschule,* Klett 1987.

S. 83 aus: Schopenhauer, Arthur: Die Kunst, Recht zu behalten. In: Grisebach, Eduard (Hg.): *Arthur Schopenhauer's handschriftlicher Nachlaß, Vorlesungen und Abhandlungen,* Reclam 1896.